倪匡奇情作品集

木蘭花傳奇 26

碧玉船

（含：冷血人、生死碧玉）

倪匡 著

目錄

冷血人

生死碧玉

【總序】

木蘭花VS.衛斯理——倪匡奇幻系列的兩大巔峰

秦懷玉

對所有的倪匡小說迷來說，《衛斯理傳奇》無疑是他最成功、也最膾炙人口的作品了，然而，卻鮮有讀者知道，早在《衛斯理傳奇》之前，倪匡就已經創造了一個以女性為主角的系列奇情故事，甫出版即造成大轟動，《木蘭花傳奇》遂成為倪匡眾多著作中最具特色與最受讀者喜愛的兩大系列之一；只因衛斯理的魅力太過強大，使得《木蘭花傳奇》的光芒被掩蓋，長此以往被讀者忽視的情形下，漸漸成了遺珠。

有鑑於此，時值倪匡仙逝週年之際，本社特別重新揭刊此一系列，希望藉由新的編排與介紹，使喜愛倪匡的讀者也能好好認識她。

《木蘭花傳奇》是倪匡以筆名「魏力」所寫的動作小說系列。原載於香港新報及《武俠世界》雜誌，內容主要是以黑女俠木蘭花、堂妹穆秀珍及花花公子高翔三人所組成的「東方三俠」為主體，專門對抗惡人及神秘組織，他們先後打敗了號稱「世界上最危險的犯罪集團」的黑龍黨、超人集團、紅衫俱樂部、赤魔團、暗殺黨、黑手黨、血影掌，及暹羅鬥魚貝泰主持的犯罪組織等等，更曾和各國特務周旋、鬥法。

如果說衛斯理是世界上遇過最多奇事的人，那麼打擊犯罪集團次數最高的，即非東方三俠莫屬了。書中主角木蘭花是個兼具美貌與頭腦的現代奇女子，在柔道和空手道上有著極高的造詣，正義感十足，她的生活多采多姿，充滿了各類型的挑戰；她的最佳搭檔：堂妹穆秀珍，則是潛泳高手，亦好打抱不平，兩人一搭一唱，配合無間，一同冒險犯難；再加上英俊瀟灑，堪稱是神隊友的高翔，三人出生入死，破獲無數連各國警界都頭痛不已的大案。

若是以衛斯理打敗黑手黨及胡克黨就得到國際刑警的特殊證明文件的標準來看，木蘭花在國際刑警的地位，其實應該更高。

相較於《衛斯理傳奇》，《木蘭花傳奇》是入世的，在滾滾紅塵中演出令人目眩神搖的傳奇事蹟。衛斯理的日常儼然是跟外星人打交道，遊走於地球和外太空之間，事蹟總是跟外星人脫不了干係；木蘭花則是繞著全世界的黑幫罪犯跑，哪裡有犯罪者，哪裡就有她的身影！可說是地球上所有犯罪者的剋星！

而《木蘭花傳奇》中所啟用的各種道具，例如死光錶、隱形人等等，一如倪匡慣有的風格，皆是最先進的高科技產物，令讀者看得目不暇給，更不得不佩服倪匡驚人的想像力。

尤其，木蘭花等人的足跡遍及天下，包括南美利馬高原、喜馬拉雅山冰川、北極、海底古城、獵頭族居住的原始森林、神秘的達華拉宮及偏遠隱密的蠻荒地區等，讀者彷彿也隨著木蘭花去各處探險一般，緊張又刺激。

《衛斯理傳奇》與《木蘭花傳奇》兩系列由於歷年來深受讀者喜愛，書中主要角色逐漸由個人發展為「家族」型態，分枝關係的人物圖越顯豐富，好比《衛斯理傳奇》中的白素、溫寶裕、白老大、胡說等人，或是《木蘭花傳奇》中的「天使俠女」安妮和雲四風、雲五風等。倪匡曾經說過他塑造的十個最喜歡的小說人物，有三個在木蘭花系列中。白素和木蘭花更成為倪匡筆下最經典傳奇的兩位女主角。

在當年放眼皆是以男性為主流的奇情冒險故事中，倪匡的《木蘭花傳奇》可謂是開創了另一番令人耳目一新的寫作風貌，打破過去女性只能擔任花瓶角色的傳統窠臼，以及美女永遠是「波大無腦」的刻板印象，完美塑造了一個女版〇〇七的形象。猶如時下好萊塢電影「神力女超人」、「黑寡婦」等漫威女英雄般，女性不再是荏弱無助的男人附庸，反而更能以其細膩的觀察力及敏銳的第六感，來解決各種棘手的難題，也再一次印證了倪匡與眾不同的眼光與新潮先進的思想，實非常人所能及。

《女黑俠木蘭花傳奇》共有六十個精彩的冒險故事，也是倪匡作品中數量第二多的系列。每本內容皆是獨立的單元，但又前後互有呼應，為了讓讀者能更方便快速地欣賞，新策畫的《木蘭花傳奇》每本皆包含兩個故事，共三十本刊完。讀者必定能從書中感受到東方三俠的聰明機智與出神入化的神奇經歷，從而膾炙人口，成為讀者心目中華人世界無人能敵的女俠英雌。

冷血人

1 詭異白紙

天慢慢黑了下來了，安妮並不著亮電燈，她已看不清放在她面前書本上的字了，她低低嘆了一聲站了起來，然後又坐在書房一角的一張安樂椅上。

當她坐在那張寬大的安樂椅上時，她像是一頭蜷縮在陰暗角落處的貓兒一樣，自從木蘭花和高翔去度蜜月之後，老大的屋子中，只有她一個人。

開始幾天，穆秀珍還時時來和她一起玩，但是安妮也看出，穆秀珍實在忙得可以，所以好幾次，反是她拒絕了穆秀珍的邀請。

安妮決不是一個喜歡熱鬧的人，但是一個人住在那麼大的屋子中，無論如何是冷清了一些，而當黑夜來時之後，這種孤寂的感覺，也就更甚了！

安妮坐了半晌，又嘆了一聲，站了起來。

她懶洋洋的著亮了書桌上的燈，她的手做什麼都提不起勁來，當木蘭花還在的時候，尤其是穆秀珍也在時，從來也不會有那樣情形的。

安妮伸了一個懶腰，燈光將她瘦長的影子投在牆上，即便是影子，看來也有一點懶洋洋的感覺。安妮慢慢地走出了書房去。

門鈴就在那時，突然響了起來。

由於屋子中十分靜，是以門鈴聲聽來也十分刺耳，安妮略呆了一呆，她心中立即自然地想到，一定是雲五風來了！

一想到雲五風的時候，安妮的心中，便有一種十分異樣的感覺，剎那之間，她的步伐也變得輕盈起來，她衝下了樓梯，奔過了客廳。

當她打開客廳的門時，她向著花園，大叫了一聲，道：「來了！」然後，她又奔過花園，來到了花園鐵門的前面。

當她奔近花園的時候，天色雖然黑暗，但是也已足可以使她看清，鐵門外的確站著一個人，但是那人卻不是她想像中的雲五風。

安妮來到了門前，也看清了站在門外的那人，大約六十上下年紀，身形很高，很瘦，額上有著很深刻的皺紋。

他一隻手提著一個黑皮的公事包，另一隻手緊緊握著鐵門的鐵枝，從他的神情看來，他像是有著非常重大的心事。

安妮才一到了鐵門前，那人便將手中的黑皮公事包，從鐵門中塞了進來。那人的行動，使得安妮嚇了一跳，連忙向後跳了開去。

因為安妮從來也沒有見過那人，也不知道他拋進來的那隻黑皮公事包中，放的是什麼東西，如果那是爆炸品的話，她要是不及時退開，就可能遭殃了！

安妮退出了三尺，那公事包也「啪」地一聲，跌在地上，安妮向那公事包看了一眼，那公事包落在地上，並沒有發生什麼變化。

安妮忙又抬起頭來，向鐵門外的那人看去，只見那人在一拋出了公事包之後，便迅速地向後退了出去，退到了一輛停在路邊的汽車之旁。

安妮忙叫道：「喂，這是你的東西，你是什麼人？」

安妮在叫著，那人卻已打開了車門。

他在打開車門之後，身子已向車中鑽了進去，安妮忙拉開鐵門，向前奔了出去，叫道：「喂，你這樣做，是什麼意思？」

那人卻已關上了車門，他看到安妮向車子奔來，便急急開動了車子，車子發動之後，他才用一種十分嘶啞的聲音道：「這皮包中是一點東西，我聽得人說起過木蘭花，我想這東西只有放在她那裏，才是最安全的！」

安妮已奔到了車前，一手扶住了車窗，道：「你是什麼人？那又是什麼東西？你以為你行動那麼神秘，我們便會替你保管東西了麼？」

可是當安妮一來到車邊的時候，那人的神情更加慌亂了起來，他急急忙忙踏下油門，車子已經向前疾衝了出去。

安妮在車後跟著跑了幾步，她自然無法追得上一輛汽車，安妮氣得頓足，叫道：「還有一點，蘭花姐根本不在家中！」

可是，也不知道那人根本未聽到安妮的這句話，還是他聽到了，但是也不肯停車，總之，車子的速度迅速增加，轉眼之間，便沒入黑暗中了！

安妮在公路邊上，略站了一會，心中又是好氣，又是好笑，她回到了花園中，關上了鐵門，凝視著放在地上的那隻皮包。

她並沒有走過去拾起那皮包來，因為那人來得神秘，她也不知道那皮包中有著什麼東西。對於這種突如其來的事，安妮也有足夠的經驗可以應付。

她看了片刻，取過了一支竹竿來，挑起那皮包的握手，將皮包挑進了客廳中，放在桌上，然後，她著亮了客廳的燈。

那是一隻舊式的黑皮公事包，在皮包的外面，有一個小小的方框，是放置卡片用的，安妮看到，在那個方框中的卡片上，寫著「W•LEE」幾個字。

那可能就是剛才匆匆離去的那個人的名字，也可能是這皮包主人的名字，如果那人就是皮包主人，自然兩個假定可以合而為一。

那皮包有著一柄鎖，要弄開那樣的鎖，自然是輕而易舉的事，但是安妮卻不是行事那麼莽撞的人。

她知道，有一種爆炸裝置，是放在皮包或箱子之中，一打開皮包或箱子的鎖，就會發生爆炸的。所以，她看了一會兒，便奔上了書房。

她取了一柄極其鋒利的小刀下來。

她一手按住了那皮包，使它不致於移動，然後，她用那柄鋒利的小刀，在皮包的背後，劃開了一條尺許長的口子。

皮包被劃破之後，她已經可以看到，皮包的內部是許多文件，安妮又小心地將它取了出來，一共是三本，每一本，約有半吋厚。

在那三本文件之外，還有一張紙。

那張紙，顯然是從一本記事本上撕下來的，上面寫著幾行字，字跡很潦草，當然也是在匆忙之中寫成的。

在那幾行字中，至少可以對這件突如其來的事，略有一點解釋。

那幾行字是：

「我有著生命危險，為的就是那幾本資料，我不會將它們交給追蹤我的人，所以只好託你保管，我在別人處聽到過你的事蹟，木蘭花小姐，請你別拒絕我的要求。」

在那字條下面，也沒有具名。

安妮笑了一下，她心中在想，那人語氣倒是客氣得很，可是事實上，他卻是拋下了皮包就走的，還會有什麼機會拒絕他？

這時，安妮已可以肯定皮包中不會有什麼害人東西了，她打開了皮包的鎖，看看皮包中還有著什麼東西，她看了兩三分鐘，證明皮包是空的。

然後她將手按在那三本釘成半吋厚的文件上。

她在將那三本文件取出來時，並沒有翻開來看過，她只不過看到，文件的封底和封面，全是白紙。如果換了穆秀珍，這時，一定早已急不及待地將那三本文件打開來看個究竟了！

但是安妮卻並不急於將它們翻開來。她將手按在那三本文件上，心中在自己問自己：這三本文件中，記載的是什麼？是軍事秘密，是間諜文件，還是什麼犯罪行動的方案？

要回答這個問題，自然不是容易的事，首先，得先從那個人是什麼人著手，才能夠摸出一些頭緒來。

安妮有足夠的耐性，可以克制著自己，不去翻開那三本文件，而要藉此考驗自己的推理的能力。她首先肯定那人是一個知識分子。

因為那人的談吐很斯文，他寫的那字條，字跡雖然潦草，然而也絕不是只有普通學識的人所能寫出來的。

安妮還推測，他可能是一個科學家。

因為安妮看到他的時候，他的衣著都是很名貴的料子，但是，他卻顯然不曾將名貴料子做成的衣服怎麼放在心上，衣服被保養得並不好。

而這正是埋頭科學研究的科學家，不注意生活小節的通病。

已然肯定了那人是一個科學家，那麼問題也容易解決得多了，她微笑著，自己對自己道：「那三本，一定是極有價值的科學文件！」

她一面說，一面已親手翻開了其中的一本。

她的腦中已存下了她自己推理所得的主觀概念，是以當她一翻開那本文件時，她預料到會看到許多方程式和數字。

可是當她將那本文件翻了開來之後，她卻不禁呆了一呆，她什麼也沒有看到——應該說，她在紙上，什麼都沒有看到。

她看到的，只是白紙！

安妮呆了一呆，忙將兩本文件拿了起來，迅速地一頁一頁翻動著，不到兩分鐘，她就翻完了那一本文件，而她所得到的結果是，從頭到尾，都是白紙。

另外兩本，安妮翻得更快。

那兩本的情形，也是一樣。那三疊，根本不是什麼文件，只不過是三疊白紙釘裝在一起而已！

安妮不禁有啼笑皆非的感覺，這算是什麼意思？什麼人在開玩笑？

從那張紙條上的字來看，好像那是三本重要之極的文件，那三本文件的持有人——假定就是那個將皮包拋進來的人——正因為這三本文件，而受著生命的威脅。

整件事，看來不像是一個無聊的玩笑，但為什麼這三本全是白紙呢？

這究竟是怎麼一回事？

安妮只想了極短的時間，就拿起了那三本白紙，奔上了樓梯，到了書房中，她將那三本白紙放在桌上，然後，打開了一個抽屜。

那抽屜中有很多東西，大多數是裝有各種顏色液體的玻璃瓶，還有一盞酒精燈，安妮先取出了那盞酒精燈來，將它點燃。

最簡單的，使隱形墨水現形的方法便是如此。

安妮這時不相信那三本真的是白紙，她斷定上面一定有著用隱形墨水寫的字跡，所以她要令隱形墨水現出形來。

但是，當她連續將白紙放在火上烘燒之後，她卻得不到什麼，白紙，仍然是白紙。

安妮並不氣餒，因為她還有別的辦法。

她將抽屜中的許多玻璃瓶，一起取出來。

玻璃瓶一共有十六個，安妮記得，木蘭花曾告訴過她，這十六個玻璃瓶中，十六種不同的化學液體，可以使任何隱形墨水現形。

安妮耐性地用瓶旁的小刷子，蘸著藥水，在紙上掃刷著，開始的時候，她是充滿了信心的，但是當她試到第十二種，在她面前的仍然是白紙時，她的心已不覺有點動搖了！

當她試到第十五種時，她簡直已沒有信心了！

是以，當她拿起第十六種藥水來時，她不禁嘆了一口氣，當然——可能正好是第十六種藥水，會令得白紙上現出文字來。

但是，那可能性實在太少了，是不是？

在市郊的公路上，至少有四個駕駛人，都看到了一件奇怪的事情，他們看到一輛車子，在公路上完全不按照交通規則，在橫衝直撞。

這種情形，本來倒也不是什麼奇事，醉漢駕車，就是那樣子的，公路上的車子不多，幾輛車子避開了那輛橫衝直撞的車子，向前繼續駛著。

後來的車子之中，有一輛車子在避開了那橫衝直撞的車子之後，駕駛人探出頭來，破口大罵。

當他罵的時候，那輛橫衝直撞的車子，突然向他逼近，幾乎沒有將他探出窗外的頭劏了去，那駕駛人連忙縮回了頭來，「砰」地一聲，車子已撞在他的車上。

那駕駛人從另一邊車門，走了出來。

這時，兩輛車子都停了下來，接著，又有兩輛車子也停了下來，車子被撞的那駕駛人，憤怒地叫道：「他媽的，你——」

可是，他的話還未曾講完，他的身子便突然向後退了回來，臉上現出極其驚駭的神色來，甚至他的身子也在發著抖！

另外兩個駕駛人，在停下了車子之後，也都出了車子，他們向那人看了一眼，心中都感到奇怪，他們也忙向那橫衝直撞的車子看去！

他們只看了一眼，他們的神態，立時也變得和另一個人一樣，他們的身子向後退著，張大了口，發著抖，一點聲音也發不出來。

是不是那車子之中，有著什麼極其可怕的東西，是以令得這三個駕駛人，受到了那樣的驚恐呢？

絕對不是，相反的是，那車子根本什麼也沒有！

車子是空的，沒有人！

車子中沒有人，而他們剛才又看到那輛車子橫衝直撞，向前衝了過來的，如果那是一條向下斜的斜路，那麼就很容易解釋這件事了：車子是剎車掣有了毛病，自己從路上滑下來的！

可是事實卻恰好相反，現在他們所在的地方，雖然是一條斜路，但卻是向上斜的，任何車子，決不會上一條向上斜的斜路，除非有人駕駛。

而這輛車子中，卻沒有人駕駛！

那三個駕駛人，在一分鐘之前，還是從來未曾見過面的，但這時，他們互望了一眼，一起向後退了開去，像是三個遭到了急難的朋友一樣。

當他們三人退開了四五碼之後，「轟」地一聲巨響，那輛沒有人駕駛，而在斜路上橫衝直撞的車子，突然發生了爆炸。

在爆炸發生時，那三個駕駛人都震跌在地上，他們機警地在路上打著滾，滾到了路邊上，總算好，他們都沒有受傷。

而這時，公路上有更多的車子停了下來，自然也有更多的駕駛人走了出來，圍住了那三個人問長問短。

當他們三個人說出他們見到的怪事時，自然不會有人相信他們的話，那輛發生了爆炸的車子，已經連殘骸也找不到了，連帶另外三輛車也遭殃。

十分鐘後，警車趕到了，那三個駕駛人，作為目擊證人，被請到了警局之中，將他們的敘述記錄下來。

當他們三人講到那輛車子中根本沒有人時，向他們詢問的齊警官皺起了眉，道：「三位，沒有人駕駛的一輛車子，怎會駛上斜路來？」

那三個人一起搖搖頭，道：「我們不明白。」

「是不是那輛車的駕駛人，知道自己闖了禍，所以溜走了？」齊警官又問，作為一個警務人員，自然要探索各種可能，而不輕信無稽的敘述。

而一輛沒有人駕駛的汽車，會駛上斜路來，這種說法，多少是有點無稽的。齊警官曾和高翔一起工作很多時間，是一個優秀的警務人員，他自然要進一步查問。

然而，那三個駕駛人的回答，卻是斬釘截鐵的，他們道：「不可能，決不可能有人自那輛汽車中逃走的，我們看著它駛上來的。」

齊警官皺了皺眉，只好將他們三人的話記錄了下來，同時，又問了問他們三個人的姓名，地址，當那三個人離開之後，齊警官立時下命令，對這三位目擊證人的一切，進行暗中的調查。

這件離奇的車子爆炸事件，到目前為止，自然不能有什麼新的發展，齊警官很懷疑那其中有著犯罪的意味，但除非證明那三個目擊證人是事先串通來向警方說話的，不然，也找不出什麼犯罪的證據來。

然而齊警官也不禁苦笑了一下。

因為，如果真有著犯罪事件在這件離奇的車禍之中的話，那麼這三個人也可能是沒有關係的，他們若是有關係，而又編了那樣的話，來欺瞞警方的話，那實在是太蠢了！

齊警官一面又仔細地讀著那三個目擊證人敘述的記錄，一面搖著頭，因為他實在無法想得明白，那究竟是怎麼一回事！

安妮將第十六種化學液，塗上了白紙。

她的手指，甚至在微微發著抖，因為那是她最後的希望了。

她將那種化學藥水塗了上去，等著，時間在慢慢地過去。

通常，要使隱形墨水現形，只要五秒鐘到十秒鐘的時間就夠了，所以，在等了三十秒，而在她眼前的仍是白紙之後，安妮苦笑了一下。

她知道自己料錯了，那三本釘在一起的，確確實實是白紙，而並不是曾用什麼隱形墨水寫過字的。

三本白紙，但是卻被人用那麼神秘的方法送了進來，這究竟是什麼意思呢？安妮托著頭，皺著眉，苦苦思索著答案。

想來想去，似乎只有兩個可能。

一個可能是，那根本是有人在開玩笑。

另一個可能是，那三本重要的資料早已被人偷走了，而連那個人也不知道，所以糊裏糊塗將三本白紙送了來。

在這兩個可能中，自然是以開玩笑的成分更來得大些，安妮毫無理由地浪費了那麼多時間，她的心中也不禁十分憤怒。

她將那三本白紙推過一邊，然後，收起了酒精燈和十多瓶藥水，離開了書房，她還要為自己弄晚飯，而她每天固定的進修，又是不能一天推一天的！

第二天，齊警官接到了報告，那三位目擊證人，可以肯定是不相識的，他們全是守法的市民，有著良好的經濟基礎。

像那樣的人，是不會有犯罪的動機的。

而且，齊警官自己也可以證明，那三個人，當晚並沒有喝酒，雖然他們所說的一切是那樣奇誕，但是卻也不能證明他們在說謊。

由於這件事的經過很特別，所以齊警官將整件事的警方的調查所得，寫成了一份報告書，送給了方局長。

方局長在看了這份報告書之後，召見了齊警官，向他問了幾個問題，自然也問不出什麼頭緒來。

方局長道：「今天早上，我接到高翔的長途電話，他說，他們的蜜月旅行準備提前結束，很快會回來，那麼，這件事留著，作為他銷假之後的第一件工作吧！」

齊警官自然不會有異議，他退了出來，每一個警務人員都有十分繁忙的工作要處理，齊警官也不再將這件事放在心上了。

第三天，安妮的心情興奮到了極點！

因為那天一清早，她就被電話鈴聲吵醒，而當她拿起電話聽筒來的時候，她聽到了木蘭花的聲音。

木蘭花道：「安妮，猜猜我在什麼地方？」

安妮呆了一呆，道：「誰知道你在什麼地方，你可能在阿拉斯加，也可能在東非洲維多利亞湖，或者在紐西蘭的小島上！」

「都不是！」木蘭花的聲音很興奮。

「那我猜不著了！」

「我已在本市的機場大廈中！」木蘭花說。

在剎那間，安妮完全呆住了！

她自然是實在太高興了，是以呆得一句話也說不出來。

木蘭花笑著，道：「傻安妮，不喜歡我回來麼？為什麼不出聲？」

「不！不！」安妮忙叫著，她的眼角不禁有點潤濕，「我是太高興了，蘭花姐，那是不可能的，你……怎麼忽然回來了？」

木蘭花道：「我也不知道為什麼，或許是因為世界上任何地方，都不及我們住慣了的城市來得可愛，而且，我想念你！」

「蘭花姐，我也想念你！」

「安妮，你停五分鐘，打電話給秀珍，我也很想念她，那麼，當她來到時，我也可以回來了，別打得太早了，不要叫她比我早到——」

「我知道，我知道！」安妮一迭聲答應著，放下了電話。

她雖然答應了木蘭花好幾次，但是她一放下了電話，還是立即就打了一個電話給穆秀珍。

十五分鐘後，安妮才明白為什麼木蘭花要她遲五分鐘才打電話給穆秀珍。十五分鐘之後，穆秀珍到了，可是木蘭花還沒有回來！

穆秀珍在客廳中跳來跳去，幾乎連地板也給她跳穿了，她還不止一次，用力搖著安妮的肩頭，威脅著道：「小安妮，你要是騙我，我不放過你！」

雲四風自然是和穆秀珍一起來的，他至少已將以下的話說了五遍，他道：「我們來這裏，比由機場來這裏近，自然是我們先到！」

可是雲四風的話，對於心急的穆秀珍而言，卻是全然不起作用，她還是跳著，終於，她來到了鐵門口，將鐵門拉了開來。

所以，當木蘭花和高翔的車子終於出現，並且在門口停下來的時候，穆秀珍是第一個看到他們的，穆秀珍大聲叫了起來。

安妮和雲四風其實也心急得很，因為他們和木蘭花、高翔分離的日子，說長不長，但是說短卻也不短了，他們一聽得穆秀珍的呼叫聲，也忙奔了出去。

而當他們來到了鐵門口之際，木蘭花和穆秀珍已緊緊擁在一起了，高翔迎了上來，和雲四風熱烈地握著手，又拍著安妮的肩頭。

安妮望著木蘭花，木蘭花將她拉了過來，三個人擁在一起，穆秀珍不斷地說著話，可是事實上，她說些什麼，只怕連她自己也不知道。

每一個人都興奮之極，一直回到了客廳中，坐了下來，他們才能相互之間聽清楚對方在說些什麼。

木蘭花坐了下來，吁了一口氣，道：「終於回家了！」

安妮忙道：「蘭花姐，你不搬出去？」

木蘭花向高翔望了一眼，甜蜜地笑著。

高翔也笑著道：「安妮，你說呢？照理說，蘭花是我的妻子，應該搬到我的房子去！」

「你的房子有什麼好！」安妮嚷叫著。

「可是，嫁雞隨雞，嫁狗隨狗啊！」高翔笑著說。

安妮搖著木蘭花的手，道：「唔，蘭花姐，你說。」

木蘭花輕輕地拍著安妮的頭，道：「我們住在這裏，當然和你在一起！」

安妮大聲歡呼了起來。

穆秀珍笑道：「小鬼頭，你可別高興，這些日子來，你也懶夠了，蘭花姐回來，正好督促你用功，那個滋味，可不好受啊！」

她說到這裏，伸了伸舌頭，扮了一個鬼臉。

各人都笑了起來，雲四風道：「你想來也捱過那種不好的滋味？」

穆秀珍忽然又正色道：「可是安妮，那卻是很有用的，不論你將來想做什麼事，基本教育一定要受得好，到時你就知道了！」

安妮攤了攤手，道：「我並沒有說不接受教育啊！」

各人又笑了起來，在歡樂的氣氛中，時間過得特別快，很快已到中午了，他們一起到雲四風的家中去吃中飯，穆秀珍已吩咐了廚子，準備了豐富的菜餚。

2 懸崖怪客

下午，高翔到警局去報到，木蘭花回到了住所，收拾著他們帶回來的行李，安妮和穆秀珍跟在她身邊，不住打轉。

到了傍晚時分，高翔和雲四風兩人同時到達，高翔一進門就笑道：「我才一回來，方局長就將一件怪事交給我調查。」

「什麼怪事？」穆秀珍搶先問。

「事情雖然怪，但卻並不緊急，」高翔說：「看來我還可以休息一兩天，這件事，到如今為止，一點頭緒也沒有！」

穆秀珍嘆道：「究竟是什麼事啊！」

高翔微笑著，望著穆秀珍並不回答。

穆秀珍賭氣道：「好，你別說！」

高翔道：「我怎麼敢不說，不怕我被你打穿頭麼？」

各人聽得他那樣講，又笑了起來，連穆秀珍自己也笑得前仰後合，整幢屋子中都充滿了歡樂的氣氛，他們這幾個人終於又在一起了，對他們來說，實在沒有什麼別的事，更比這值得高興的了。

在各人的笑聲中，高翔又道：「那是一件很離奇的車禍，一輛沒有人駕駛的汽車，衝上了斜路，撞在另一輛車子之上。」

木蘭花皺起了眉，穆秀珍瞪大了眼睛，安妮則咬著指甲，雖然高翔只不過講了個開始，但是，這卻是一件不可思議的怪事！

高翔又道：「那輛車子突然又自動爆炸，成了碎片，有兩個目擊者看到這件事，警方已調查過這兩個人，認為他們沒有理由提供假的證詞。」

穆秀珍道：「不會有這樣的事罷！」

高翔點頭道：「這的確很難令人相信，但是卻是事實，那兩個目擊證人，可以清楚地形容那輛車子的外形，那是一輛深灰色的舊車子，車子的式樣是舊式的，車尾箱呈方形，車子好像有不少碰損的地方，而最使他們記憶深刻的是車頂上，有一個兩尺見方的突起——」

高翔才講到這裏，安妮便「啊」地一聲，叫了起來。

穆秀珍忙問道：「什麼事？什麼事？」

安妮也急忙道：「我，我見過這輛車子！」

高翔轉過頭來，奇怪道：「你見過？是在什麼情形下見到的？它真是沒有人駕駛的麼？」

「當然不是，這件事說起來很怪，我看到那輛車子時，它是有人駕駛的，那個駕駛的人很怪，他在我們門口，拋了一個皮包進來！」

當安妮講到這裏的時候，聽她敘述的人，卻是莫名其妙，但是安妮究竟是敘事很有條理的人，接著，她就將這件事的經過簡單地講了一遍。

這件事的本身，也是很具吸引力的，是以每一個人都聚精會神地聽著，等到安妮講完，高翔才道：「蘭花，這兩件事之間有聯繫麼？」

木蘭花並不出聲，只是皺著眉。

雲四風道：「我看是有聯繫的。」

安妮道：「但是我不明白，那人明明說有極重要的東西要交給蘭花姐保管，為什麼我所得到的，只是幾本白紙呢？」

高翔道：「那幾本白紙在哪裏？」

「我去拿來！」安妮奔上了樓梯，不一會，她就拿著那三本釘在一起的白紙走了下來，交給了高翔，高翔接在手中，翻了翻。

他伸指彈著那三本白紙，道：「我要將它送到化驗室去，作化學、物理的雙重檢查，我相信這是這兩件事的重要關係！」

木蘭花一直不出聲，直到這時，她才道：「安妮，你對這件事的看法怎樣？」

安妮道：「我已證明了那是白紙，但是，我想那不是有人和我們開玩笑，最大的可能是，那人的確有很重要的東西交給我們，但是那重要的東西，事先已被人換走了，連他也不知道，所以，他才會將幾疊白紙交到我們的手上來的。」

木蘭花道：「有這個可能。」

穆秀珍又問道：「那麼，這個人又到哪裏去了呢？」

安妮道：「他來的時候，神色十分慌張，並且說他的生命受著威脅，不知道他是不是在離開了之後，已遭到了危險？」

高翔沉聲道：「安妮，你忘了說最重要的一點，那人來找你的時候，是什麼時間？」

安妮十分肯定地說出了一個時間來，因為她是一個做事情十分有規律的人，是以她能夠絲毫不猶豫的便說出肯定的時間來。

高翔來回踱了幾步，道：「這宗神秘車禍，是發生在離這裏三哩之外，車禍發生的時間，離那人走的時候，是二十分鐘。」

穆秀珍立時道：「二十分鐘，如果只行駛三哩，那麼這人的車子，也未免開得太慢了，他可能曾在半路上停過車子。」

木蘭花站了起來，道：「高翔，除非你準備推掉這件案子，不然，你就得趕快去調查一下，這幾天有沒有發現過無名的屍體。」

「那很容易，我只要打一個電話去問問就可以了！」高翔走過去，拿起電話來，詢問這兩天是不是有無名的屍體發現。

高翔得到的答案是否定的，高翔又撥了另一個電話，那是謀殺案調查科的，他找到了楊科長。

高翔道：「楊科長，請你派出二十個到三十個人，從那天發生神秘車禍的地點一直向北搜索，因為照我的估計，可能有人被殺害，但還未曾有人發現屍體。」

楊科長答應著，高翔放下了電話。

木蘭花微笑著，道：「看來我們要輕鬆一下也不容易，這世界，永遠有數不盡的稀奇古怪的事情發生，要我們去傷腦筋！」

安妮道：「這件事，似乎更加古怪些！」

木蘭花將手按在安妮的肩頭上，道：「任何事，在還沒有頭緒之前，都是十分古怪的，但一等到明白其間的經過時，也就變得平淡無奇了！」

安妮眨著眼，試探著問道：「蘭花姐，你已覺得這件事平淡無奇了？」

「當然沒有。」木蘭花回答，「到現在為止，我還一點頭緒都沒有，但是我們要有信心，再茫無頭緒的事總有一點線索可循的，當找到了一點線索之後，抽絲剝繭，就可以真相大白了！」

「那麼，這件事的第一點線索，是在何處呢？」心急的穆秀珍又問。

木蘭花並沒有立即回答這個問題，她只是來回踱了幾步，然後才道：「我想是那個人，只要找到了那個人，就有了一點線索了！」

高翔道：「那人很可能已經死了啊。」

「死人雖然不能說話，」木蘭花的聲音很低沉，「但是，死人一樣可以告訴我們很多事的，高翔，你總不會否認這個說法吧。」

「當然了！」高翔立時回答。

雲四風插言道：「這件事情，至少可以暫時擱一擱，你們回來了，我已替你們準備了一個酒會，許多人想和你們見見面，已經是時候了！」

木蘭花笑著道：「對，我們也該讓人家知道我們已經回來了才是！」

酒會在雲氏大廈頂樓，豪華寬闊的大廳中舉行，雲四風發出的請帖並不多，但是聞風而來的人，卻比預計多出了三四倍。

好在雲四風是十分好客的人，客人來得越多，他越是高興，木蘭花和高翔兩人，自然是酒會中的中心，他們和每一個人交談著。

到了傍晚時分，賓客已漸漸散去了，只有十幾個實在親密的朋友還留連未去，穆秀珍不知和人家在爭論什麼，只聽得她在哇哇大叫。

就在這時候，一個警官匆匆走了進來，來到了高翔的身邊，低聲道：「高主任，我們在公路邊的一間空屋中，找到了一具屍體，楊科長現在正在那裏。」

高翔忙向木蘭花招了招手，木蘭花走了過來，一聽得已發現了屍體，便向安妮使了一個眼色。

安妮也走了過來，木蘭花道：「安妮，你還記得那人的樣子？」

「當然記得！」

「已經發現了一具屍體，我們一起去看看！」

安妮點著頭，木蘭花看到穆秀珍還在和人家爭得興高采烈，她也不去驚動她，和雲四風說了一聲，他們三人，和那警官便離開了市區。

三十分鐘之後，他們在一幢石屋面前停了下來。

那間石屋，離公路大約有兩百碼，有一條小路可以通向石屋，但是那石屋顯然已被廢置了好久，因為那條小路上全是荒草。

這時，在公路邊上停著兩輛警車，天色已漸漸黑了下來，楊科長就站在石屋之前，一看到高翔、木蘭花和安妮，他就奔了過來。

楊科長到了面前，便道：「高主任，法醫剛才已來過了，斷定死者是在那件神秘車禍發生的那時間死去的，我想我們已找到要找的人了！」

高翔點著頭，走進了那石屋中。

石屋中已然很陰暗，有一股撲鼻而來的霉濕之氣，已有警員從公路邊的電燈柱上，搭了一條電線過來，著亮了一盞水銀燈。

那盞水銀燈一著，小小的石屋中，每一吋的地方都可以看得清清楚楚，他們看到了那死者蜷縮著，坐在石屋的一角。

他致死的原因，一看就知道，在他的太陽穴上，有一個烏溜溜的彈孔，看來十分駭人，從那彈孔中流下來的鮮血，貼在他的額上和頸上，已經成為紫醬色。

高翔向那屍體看了一眼，立時轉過頭向安妮望去。

安妮的神色很蒼白。

安妮神色蒼白，並不是她心中害怕，她是一個神經很敏感的人，或者說，她是個神經質的人，一遇到有緊張的事，她的臉色就會變得蒼白，她一直無法戒得脫咬手指的習慣，也是因為這個緣故。

高翔一向她望來，她立時點了點頭。

木蘭花道：「就是這個人？」

安妮咬著指甲，道：「一點不錯，是他！」

木蘭花和高翔一起向前走出了一步，來到了屍體的面前，高翔道：「楊科長，你曾經搬動過屍體？」

「沒有。」楊科長立時回答。

有經驗的警務人員一眼就可以看出，那死者曾有被移動和被搜索的痕跡，是以楊科長又道：「我想，死者是在公路上被殺，拖到這石屋中來的，而且，他已經被全身搜索過！」

高翔點了點頭，他就是因為看出死屍曾被移動和搜索過，是以才那樣問楊科長的，他自然也同意楊科長的見解。

這時，木蘭花已俯下身來，她輕輕抬著死者右手的中指，將死者的右手提了起來，由於死者的死亡，已有了相當時間，是以他的皮膚已起了一種可怕的皺紋，如果再遲些發現這具屍體的話，那麼，死者的皮膚一定已開始腐爛了！

但即使是如此，在木蘭花銳利的觀察力之下，還是可以看出不少情形來。

她將死者的手翻了過來，道：「死者好像是一個科學家，你看他的手，中指的第一節的皮膚特別厚，這證明他曾有一個時期執筆為生，我還發現他的指甲中，好像有些金屬質，他的研究工作，一定和金屬有關的──」

木蘭花講到了這裏，站起身來，道：「自然，詳細的判斷，要等待化驗室的決定，高翔，化驗工作一定要極其詳盡！」

高翔點著頭，這時，運屍的黑箱車也早已來到了，很多記者也得了消息，趕到了現場，但是他們得到的消息，卻是在郊區公路旁的一間石屋中，發現了一具無名屍體而已。

誰也不知道這具無名屍體之死，有著什麼內幕，並不是高翔不肯透露其中的內幕，而是事實上，高翔、木蘭花和楊科長也茫無頭緒。

如果他們可以獲得一點頭緒的話，那麼，他們的希望，只有寄望在詳細的化驗報告書上，現代科學可以根據一個死人身上極細微的東西，來判斷死者生前的身分、生活習慣等等。

那份報告書，是在第二天早上，送到高翔辦公室的。

高翔打開了化驗報告書，用力地看著，報告書肯定死者是一個五十三歲到五十四歲的男子，是一個不拘生活小節的人。

在死者指甲中發現的微量金屬屑，經過化驗之後，證明是銅和鍺。

銅是一種很普通的金屬，如果在死者的指甲中發現的金屬屑只是銅的話，由於銅的最普遍用途是用來做電線，所以可以斷定，死者是一個電器工程師。

但是除了銅之外還有鍺，情形就不同了。

鍺是一種良好的半導體，而在第二次世界大戰之後，半導體被大量應用在無線電工程，和電子計算機的工程上，來代替舊式的真空管。

所以，可以進一步肯定，死者的生前工作，是和無線電工程、電子計算機（電腦）工程有關的，他不但研究，而且還一定親自從事裝配工作，不然，他的指甲中，就不會留下銅和鍺的金屬微屑。

報告書中提及，死者的衣服上，有著許多處機油的染污，有的經過抹拭，有的未曾抹拭，機油的成分，證明是汽車內燃機引擎常用的機油。

這又肯定了一點，死者是一個經常接觸汽車機器的人。

在死者的褲腳的摺中，發現了一小片碎片，碎片上有許多小圓孔，那是電腦中的一個普通零件，從這一點，已可以確切證明，這個五十三四歲的男子，多半是一個電腦工程學家，而且，他一定是沉醉在科學研究中而廢寢忘食的那一型人。

根據屍體來判斷，死者是亞洲人，但是死者的生活，卻是西方化的，在解剖之後，他胃中未消化的食物，證明了這一點。

死者還可能從過軍，在軍隊生活中，他一定是一個步槍手，因為在他的肩頭上，有著明顯的因為長久被槍柄的反挫力撞擊而留下的痕跡。

報告算是夠詳細的了，所以，當高翔閤上了那份報告書時，他對那死者，多少已有了一個如此的概念！

死者是五十三、四歲的男子，從他的年齡來推斷，他是第二次世界大戰的一個步槍手，而現在，則是一個電腦工程學家。

他一定酷愛汽車，由於他長期以來過著西方的生活，是以他不會長期生活在本市，因為本市是一個東方的城市。從這點上，自然而然進一步地得到了推論，他是從外地來的，而且，來的時間不會太久。

推斷到了這裏，要查明死者的身分，已經不是什麼困難的事情了！

高翔吩咐他的助手和外國人入境機構聯絡，找尋一個這樣的人，這一次，結果來得更快，一小時之後，一張資料卡已放在高翔的辦公桌上。

高翔看著那資料卡，那是一個叫韋勃•李諾的男子，五十四歲，職業是美洲某大電腦機構的研究室研究員，七天前，自美洲來到本市。

高翔已可以肯定，那個李諾，一定就是死者。

因為資料卡中說得十分明白，李諾入境時，曾空運了一輛車來，那輛車的形狀，顏色，正是那輛神秘車禍中肇事的汽車！

高翔有了那樣的發現，心中自然十分高興，他已經可以肯定更多的事了，那個叫李諾的電腦研究員，他攜帶著某種秘密，來到了本市，他知道自己的生命正受著嚴重的威脅，是以他要求木蘭花來保管他隨身所攜帶的那個秘密。

可是，當他在見到了安妮，離開之後，就立時遭了毒手，被人殺死了！

現在，一切已獲得的線索歸納起來，已只剩下了三個大疑問了。

第一：李諾的秘密是什麼？

第二：誰是殺害李諾的凶手？

第三：李諾為什麼要帶著那輛車入境，那輛汽車，何以能在沒有人駕駛的情形之下，衝上陡斜的斜路，而造成了車禍？

高翔將自己的歸納所得想了一遍，他也不禁苦笑了起來，因為從表面上看來，很多問題都已經解決了，然而在實際上，整件事依然像謎一樣。

高翔在呆了片刻之後，又做了幾件事。

他將李諾的死亡，通知了李諾來的那個大城市的警方，同時，又吩咐助手，向該城市的警方索取有關李諾的詳細資料。

然後，高翔離開了辦公室，他要和木蘭花商量一下，下一步的行動，應該怎麼展開，因為照目前的情形來看，是在突然走了一大段路之後，又無路可通了！

當他走出辦公室門口的時候，化驗室的一個警官恰好又走了來。那警官的手中拿著那幾本白紙，搖著頭道：「高主任，那些白紙上，沒有任何字跡！」

高翔道：「是不是有什麼圖形？」

「也沒有，那是白紙，全是白紙！」

高翔呆了片刻，這一點，安妮是早已肯定了的，為什麼李諾會送些白紙來呢？安妮的推理是，李諾事先已失去了重要的文件。

但是這樣的推測，也是站不住腳的，因為他們已找到了李諾的屍體，李諾的身上曾被徹底搜索過，可知殺害他的凶手，並沒有在事先得到甚麼，因而要在李諾死後，在他的身上搜尋！

高翔在呆了片刻之後，只是揮了揮手，就離開了警局。

和沒有結婚前一樣，木蘭花沉浸在上午的陽光中，修剪著她心愛的玫瑰花。但不同的是，結了婚的木蘭花，看來更美麗動人了！

她小心地將已經帶枯的葉子剪去，弄鬆根部的泥土，陽光不算很猛烈，但是木蘭花的額上，也滲出細小的汗珠來，在陽光下看來，她是那麼美麗，那麼安靜，誰也看不出她是曾經歷過那麼多凶險的女黑俠。

在花園外的公路上，不停有汽車駛過，但是木蘭花的注意力都集中在她心愛的玫瑰花上，並沒有去注意公路上發生的一切。

直到她直起身子來，無意間向外看了一下，她才呆了一呆，她看到，在公路另一邊，靠近懸崖的草坪上，停著一輛車子。

那地方停著一輛車子，本來也不是甚麼出奇的事，因為從那個草坪望下去，便是碧藍的大海，風景如畫，令人心曠神怡，時時有郊遊的人，在這裏停下車子，欣賞大自然的美景。

可是現在的情形，卻有些特別。

因為在車子旁邊，站著一個人，那人背對著木蘭花，卻在向著大海，揮動著一條紅色的絲巾，木蘭花又呆了一呆，忙向海上望去。

海面上，遠處有兩艘漁船，海面十分平靜，那兩艘漁船，看來就像是在海上靜止不動一樣。較近些，則是一艘白色的遊艇。

木蘭花自然無法看到那遊艇上有甚麼動靜，但是那個就站在屋前，揮動著紅絲巾的人，顯然是要引起那遊艇上的人的注意。

木蘭花只停立了極短的時間，便立時轉身走進了屋中，她上了二樓，將一具遠程望遠鏡移到了窗前，將望遠鏡的鏡頭，自窗帘的隙縫中伸了出去。

她首先看到，那個在懸崖邊上的人，仍然在揮動著紅巾，然後，探過身來，向她的屋子指了一指，那漢子的身形很高大，有一副運動家的身材。

木蘭花連忙按下了電動焦距控制鈕，海面上的情景迅速移近，木蘭花看到了那艘遊艇，那是一艘極其出色的遊艇。

在遊艇的甲板上，有一個大胖子，戴著黑眼鏡，舒服地坐在帆布椅上，另外有一個人，卻正坐在一具遠程望遠鏡之前在看著。

木蘭花幾乎立即就可以肯定，那人是在觀察自己的住所！而站在公路旁，接近懸崖處的那人，自然是在給遊艇上的人指示正確的目標！

木蘭花已經覺出事情很不尋常了，她忙再去看那個揮動紅絲巾的人，那人已上了車子，車子立即開動，駛走了。

木蘭花再向遊艇上看去，那在望遠鏡前的人轉過頭去，和那胖子在說些甚麼，胖子略欠了欠身，仍然躺了下來，木蘭花又看到，一個穿著泳衣，體型十分誘人的女郎，自艙中走了出來。

那女郎有著一頭長可及腰的黑髮，她走出來之後，就挨著那大胖子坐了下來，樣子十分親熱，那胖子的手很不規矩。

木蘭花看了幾分鐘，那遊艇已漸漸地駛近岸，不一會，被懸崖遮住，看不到了。

木蘭花退後了一步，安妮的聲音在她身後響起，道：「蘭花姐，你看甚麼？」

木蘭花淡然一笑，道：「我想，我們這裏一定會有事發生了，在海上，有一艘遊艇，那遊艇上的人，正在注意我們。」

「在哪裏？」安妮走近望遠鏡。

「已經駛走了。」木蘭花說：「當然他們不會注意我們就算數，一定還會有人上門來的，看來我們要對每一個訪客都小心戒備了！」

安妮笑了笑道：「誰想自討沒趣，就讓他來好了！」

木蘭花也笑了起來，道：「這不是秀珍的口吻嗎？」

安妮也不禁笑了起來，她有時像木蘭花，有時像穆秀珍，但是，她卻既不是木蘭花，也不是穆秀珍，她只是她自己，是安妮，一個思想縝密，但卻又略帶神經質的少女！

木蘭花和安妮來到了花園中，木蘭花握著安妮的手，道：「你將那些玫瑰花照顧得很好，但是對你自己的學業，卻不算很好。」

安妮不好意思地笑著，道：「你回來了，我一定每天抽出加倍的時間來，只不過，蘭花姐，我的柔道，卻一點進步也沒有。」

木蘭花道：「那並不能強求的，柔道、空手道、中國的武術，其實也只是藝術，而所有的藝術固然要靠勤習，天賦也很有關係的！」

安妮悶悶地道：「我學不好武術，在和敵人動手的時候，不是要吃虧麼？」

木蘭花笑了起來，指著安妮的鼻尖，道：「你別裝模作樣了，你當我不知道麼，你不知求雲五風幫你造了多少古靈精怪的小武器，你將那些小武器全帶在身上的話，你就像是一隻刺蝟一樣，誰還敢碰一碰你？」

安妮也笑了起來，道：「蘭花姐，你怎麼知道的。」

「自然是四風告訴我的，他告訴我，五風已有好久甚麼事也不做，專門替你設計各種各樣的小武器！」木蘭花說。

安妮笑得十分秘密，道：「五風哥真好，蘭花姐，你知道麼？我有一件皮背心，這件皮背心上，一共有十幾樣厲害的武器，比我以前的萬能輪椅、萬能拐杖還要好用，可以應付任何凶險的場合所用！」

木蘭花正色道：「安妮，你錯了，要應付凶險的場合，最有用的，不是那些古靈精怪的武器，而是一副冷靜理智的頭腦！」

安妮忙道：「那些東西多少也有些用處啊！」

「自然有用處！」木蘭花說，她接著又加重了語氣，道：「但如果沒有冷靜理智的頭腦去運用它們，它們就是廢物了！」

安妮靜了片刻，才道：「我明白了！」

就在這時，兩輛車子幾乎同時駛到了鐵門門口，其中一輛黑色的車子，木蘭花和安妮都認得出，那是高翔的車子。而車子一停下之後，高翔也立時打開車門，走了出來。

另一輛車子，不但式樣奇特，而且顏色也是奪目的銀紫色，車子一停下的時候，車門便像是海鷗一樣地彈了開來。

自那輛車子中，走出一個穿得極其高貴，長髮披肩的女郎來。

那女郎一走出來，木蘭花便認出她，半小時以前，就在那艘遊艇上！

木蘭花低聲對安妮道：「我們等待中的客人來了！」

那時，高翔已推開了鐵門，那女郎用一種十分動人的聲音問道：「請問，木蘭花小姐是不是住在這裏？」

木蘭花和安妮也已來到了鐵門口，高翔向木蘭花望了一眼，木蘭花已道：「我就是木蘭花，你是——」

那女郎未曾開口說話，就顯出了十分甜蜜的笑容來。

3 大爆炸

木蘭花望著那女郎，那是一個很可愛的女郎。

木蘭花一面說，一面將鐵門推開了些，高翔和那女郎便一起走了進來。

那女郎現出她整齊潔白的牙齒，發出極其動人的笑容，道：「有人告訴我，在這裏可以找到鼎鼎大名的木蘭花小姐？」

木蘭花淡然的笑著說道：「我不見怎麼的有名。」

那女郎轉動著眼珠，道：「我有一件事想請你幫忙，蘭花小姐，你不準備請我進屋子去麼？」

木蘭花的反應卻十分冷淡，她冷冷地道：「你說對了，我是不準備請你進屋子去，有什麼事，你就在這裏說好了！」

木蘭花這時，用那樣的語氣講那樣的話來回答那女郎，自然是很不禮貌的，而木蘭花從來也不是一個不禮貌的人，是以，高翔奇怪地揚起雙眉來。

但高翔卻也沒有說什麼，因為他知道，木蘭花若是決定了如何對付一個人的話，一定是有理由的，她決不會像穆秀珍那樣衝動的。

那美麗的女郎，在聽得木蘭花那樣說法之後，神情多少有點尷尬，但是她卻裝出了一個不在乎的神情來，自嘲地笑著，道：「蘭花小姐，你好像不怎樣好客，或許那是我未曾自我介紹的緣故，我叫蒙蒂，是鐵龍達珠寶公司的營業經理。」

高翔向木蘭花望了一眼，安妮也在這時，伸手在口中咬了一下，只有木蘭花，卻一點也未曾在意，好像在她聽來，世界最大的珠寶公司「鐵龍達珠寶公司」，只是什麼微不足道的土產店一樣，完全不能引起她有什麼特別的注意。

木蘭花的語氣，聽來也是一樣的冷淡，她道：「有什麼指教？」

「事情是那樣的，」蒙蒂說話的時候，實在太做作了，好像惟恐人家不注意她的美麗，她非要處處表現一下不可。「我們準備在貴市舉行一個珠寶展覽，會有一批價值連城的珠寶，運到這個地方來——」

蒙蒂講到這裏，木蘭花更是不感興趣，她甚至大聲打了一個呵欠。

在蒙蒂的眼中，閃著憤怒的神采，但那卻是一閃即逝的事。

她隨即又用聽來十分誠懇的聲音道：「這一批珠寶的價值，在六百萬鎊之上。自然，國際著名的珠寶賊都會集中到本市來，所以，我們希望蘭花小姐能接受聘任，擔當這次珠寶展覽的安全主任。」

如果真有什麼珠寶展覽，而這個展覽又能請到木蘭花來擔當安全主任的話，那麼，比什麼都有保障得多。

但是木蘭花的神態，卻更加冷漠了，她立時道：「對不起。我不是私家偵探，也從來不接受任何人的聘請，你請回去吧！」

蒙蒂呆了一呆，一時之間，很有點不知所措的樣子，那顯然是她決計想不到，木蘭花竟會那樣對待她，令得她碰了壁！

蒙蒂呆了片刻，又道：「蘭花小姐，你沒有興趣？」

「自然沒有興趣！」木蘭花的聲音不但冷漠，而且變得極其冷峻，她逼視著蒙蒂，道：「對於隱瞞真正來看我的目的，而編造另一套語言來對付我的人，我都不感興趣，蒙蒂小姐！」

蒙蒂的臉色變了變，她後退了一步，緩緩地吸了一口氣，在那片刻之間，她的神色顯得很不安，但是，她隨即道：「我不明白你那樣說，是什麼意思。」

木蘭花冷笑著，道：「你明白得很，再見了，蒙蒂小姐，你這次前來，也不算是毫無收穫，至少，你也已然明白，想在我面前玩花樣，不是容易的事！」

蒙蒂的怒氣看來也無法抑制了，她陡地轉過身向前走去，來到她的車子旁邊，才又轉過身來，道：「人家都說東方人是懂得禮貌的，現在我才知道錯了！」

木蘭花微笑著，道：「對於不懷好意的人，東方人的觀察力最敏銳，也最懂得如何將他們趕走，那樣才不致於為他們所害！」

蒙蒂氣得有點不能控制，她望了木蘭花一會，進了車子，車子發出巨大的吼聲，在公路上迅速地掉了一個頭，駛走了！

等到蒙蒂走了之後，高翔才向木蘭花望了一眼，他雖然沒有說話，但是他的目光之中，卻飽含著詢問的意味。

木蘭花知道高翔想問什麼，她笑了一下，將海面遊艇上，有人用望遠鏡監視他們住所的事情，講了一遍。

高翔皺著眉，道：「他們碰了一次釘子，當然是不肯干休的。」

木蘭花笑道：「自然，但至少已使他們明白，我們並不容易對付。高翔，我們不能等他們來找我們，要爭取主動。」

高翔點頭道：「是，我去找那遊艇。」

木蘭花道：「暫時還不必採取那樣的行動，這艘遊艇，自然是從外地來的，港務局應該有詳細的記錄，可以查得出來的，我們先要弄清他們的底細，再對付他們，自然也容易得多了。」

高翔點著頭，道：「那容易得很。」

木蘭花又將那艘遊艇的大小、形狀形容了一下，高翔在一本小簿子上將之詳細記了下來，然後才道：「那死者的身分已查明了，詳細的化驗報告書來了。」

「我可以看看麼？」木蘭花問。

高翔笑了起來，道：「你怎麼反倒客氣起來了？我正是特地將這份報告書送來給你看的。」

木蘭花也笑道：「我不是客氣，因為我不是警方人員，而這一類的文件，屬於警方的秘密文件，我實在是沒有權力閱讀的。」

高翔笑著，指著自己的鼻子，道：「可是，如果有我這個特別工作主任批准，那就不同了，而且，如果要局長批准的話，局長也一定批准的！」

高翔一面說，一面將那份報告書交給了木蘭花。

他轉過身向外走去，到了門外，才又轉過身來，道：「一有了那遊艇的消息，我立時就來向你報告！」

木蘭花瞪了他一眼，道：「還說我，你自己不也是一樣客氣起來了？」

高翔笑得很大聲道：「正因為你不是警方人員，所以警方有事要你幫忙，總得要客氣一點啊！」

木蘭花和高翔在成了夫婦之後，感情深濃自然不在話下，他們之間每講一句話，都是飽含著情意的，在一旁的安妮，只是望著他們微笑。

高翔向安妮扮了一個鬼臉，便進了車子，也駛走了。

木蘭花將手按在安妮的肩頭上，兩人一起進了屋子，她們用心地研究著那份報告書，從那份報告書上，固然可以得到不少資料，但是卻也很難藉此解開李諾死亡之謎，和李諾的公事包中，為什麼只有三疊白紙，以及汽車神秘失事的疑團。

木蘭花和安妮在書房中互相討論著這份報告的內容。

一小時後，高翔的電話來了，木蘭花第一句話就問道：「遊艇的事，怎麼樣了？」

高翔道：「蘭花，我已找到遊艇入港口的記錄，那是一艘性能極其優越的遊艇，叫鐵龍達號，登記的船主是鐵龍達珠寶公司。那位蒙蒂小姐是船長，她的身分，是鐵龍達公司的營業經理，而且，這家珠寶公司真的準備舉行一次珠寶展覽。」

木蘭花冷靜地聽著，等到高翔敘述了一個大概，木蘭花才道，「那遊艇上還有一個大胖子，看來，他才是真正遊艇主人！」

高翔道：「是的，那大胖子的身分更奇特了，他的名字，叫白克勞，我想，你一定聽過他的名字的。白克勞，他是一個了不起的人！」

木蘭花呆了片刻，才道：「高翔，你有沒有弄錯！像白克勞那樣的大人物，來到本市，居然不會成為報上的頭條新聞？」

「我也奇怪得很，但是他的確是世界十大富豪之一的白克勞，他這次行動很秘密，看來，好像是私人渡假的性質。」

木蘭花的雙眉蹙得更緊，她立即可以肯定，高翔的推斷是錯的，因為像白克勞那樣的人，事實上，是絕對不會知道什麼叫「渡假」的。

白克勞是世界上十大富豪之一。在他的控制之下，有著數不盡的地產、企業。他的資產，估計在二十億美金以上。

他是一個白手興家的典型，他的成功的格言是：工作，工作，不斷工作！

他的最大樂趣，就是工作。用他的工作來賺錢，來吞併別人的企業，使他的資產不斷地增加，直至像如今的天文數字。

像那樣的人，是決計不會滿足的。

而且，像那樣的人，也決不肯休息的。當他想到，他去休息，渡假十天八天，他的資產便可能停止再增加時，他就一定要努力工作了。

也就是說，像白克勞那樣成功之極的人，他的每一個行動，都是有目的的，他決計不會浪費時間在遊艇上曬太陽。

可是，當木蘭花從望遠鏡中看到他的時候，他的確在遊艇上曬太陽。

那麼，他有什麼目的呢？

他為什麼要秘密來到本市，而且，還對自己的住宅那樣注意，為了什麼？

木蘭花在迅速地轉著念，但是她一時之間，卻找不出答案來。

高翔則繼續在電話中說著，道：「我也進一步調查過了，舉世聞名的鐵龍達珠寶公司，也是白克勞的資產！」

木蘭花聽到了這裏，心中陡地一動，接道：「那麼，你再去調查一下，季諾工作的那個電腦機構，是不是也受白克勞的控制。」

高翔略呆了一呆，道：「你的意思是，這兩件事有著聯繫？」

「現在還不能肯定，」木蘭花說：「可能有關係，也可能完全沒有。我們現在第一步要做的事，不妨先把白克勞來到本市的消息散播出去！」

「那有什麼作用？」高翔疑惑地問。

「不一定有什麼作用，」木蘭花回答，「但是如果白克勞秘密到來，是含有什麼不可告人的秘密的話，那麼，至少可以打亂他的計劃！」

高翔立時道：「好，那太容易了！喂，你等一等，蘭花，我看，你的辦法起不了什麼作用了，白克勞的秘書，已定今天下午八時，在藍天酒店的大堂會見記者，一份要求警方派人保護的申請書已送來了！」

高翔的話，對木蘭花來說，應該是一種打擊。因為木蘭花準備公開白克勞的秘密行蹤，但是白克勞現在卻自行舉行記者招待會了。

可是，木蘭花卻還是笑了起來。

她道：「高翔，那也是意料中的事。」

「意料中的事？」高翔不明白。

「是的，白克勞會見記者，那是被我們逼出來的，在蒙蒂碰了釘子回去之後，白克勞自然知道，他不再能保守秘密，我們會去調查蒙蒂，當然也會發現他的行蹤。與其被人揭發，不如自行先走一步。高翔，白克勞是一個聰明人啊！」

高翔吸了一口氣，道：「你分析得很對，可是，像白克勞那樣的人，就算他們保持行蹤的秘密，我看也只不過是私人的理由，他難道還會和犯罪行為有關麼？」

木蘭花道：「這也很難說。」

高翔道：「他的財產估計達到二十億美元，還有什麼可以使他犯罪？」

木蘭花緩緩地道：「高翔，不要忘了，人的慾望是無止境的，有多少犯罪者，他的口袋中是一毛錢也沒有的呢？在人的慾望之前，二十元和二十億元之間，並沒有多大的差別！」

高翔苦笑了一下，道：「那你準備採取什麼行動？」

木蘭花略停了一停，才道：「我自然想去見一見他，他不是在八點鐘會見記者麼？我略為化裝一下，就可以混在記者群中了。」

「那是個好主意。」高翔高興地說。

「別忘記，調查一下白克勞和那電腦機構的關係。」木蘭花再叮囑著，然後，她才放下了電話，向安妮望了一眼。

安妮忙道：「蘭花姐，我也想去見見這個大富豪！」

木蘭花笑道：「你去冒充記者，年紀還太輕了些！」

「那我總也要做點事情啊！」安妮叫了起來。

「自然，你會有很多事情要做，白克勞忽然公佈他自己的行蹤，搶在我要揭發他行蹤之前，可知他是一個極其聰明的人，他已然是一個聰明人，當然也會料到，我會假扮記者去見他，探聽消息，而他，顯然要對我們的住所有所行動——」

木蘭花講到了這裏，略頓了一頓。

安妮忙道：「我明白了，其實，你並不是真的去！」

「不，」木蘭花說：「我自然是真的去！」

安妮眨著眼睛，一時之間，她有點不明白木蘭花究竟想作什麼安排，木蘭花立時解釋道：「我去見白克勞，而你在屋中，應付意外。」

安妮立時明白過來了，她道：「白克勞會派人來？」

「那是我的推測，」木蘭花回答，「他可能會派人來，因為他既然在海面上窺伺我們的住所，又派了蒙蒂來試探，一定還會再來的。」

安妮的神情多少有點不安，她道：「我明白了，可是……可是……如果來的人多，那麼，我一個人或許應付不了！」

木蘭花來回踱了幾步，才道：「我想，在天色黑了之後，你不要著亮任何燈，然後在黑暗中等著，那麼，就有利得多。」

安妮咬著手指甲，道：「真有人來了，我怎麼辦？」

「真有人來了，你不必急於採取行動，先看看他們想幹什麼，你得準備自動攝影機和錄音機，將他們的行動，談話，全記錄下來！」

「我不必出手對付他們？」

「可以不出手，最好不出手。」木蘭花凝思了一會之後回答：「因為那樣，可以使對方認為我們並不是有了什麼提防！」

安妮瞪大了眼，道：「蘭花姐，我真不明白，白克勞如果真的派了人來，那麼，他希望在我們屋子中，得到什麼呢？」

木蘭花的語調，變得十分沉緩，道：「如果我的推測不錯，那麼，我想，他要得到的東西，就是李諾交給你的東西！」

安妮呆了一呆，道：「但李諾給我的，只是白紙！」

「李諾給你的只是白紙，這件事，只有我們幾個人知道，白克勞是不知道的。」木蘭花望著安妮，「只有你一個人在，你得小心應付才好！」

安妮點著頭，木蘭花上了書房。

二十分鐘之後，她又走了下來，她的容貌，在經過了簡單的化裝之後，看來已有了改變，就在這時，高翔的電話又來了。

高翔在電話中講的話很簡單，他只說了一句話，道：「蘭花，你真行，經過調查，那電腦機構，是白克勞的直屬產業之一！」

木蘭花也只是說了一句「行了」，便放下了電話。

將近八點，天色已黑了。

在大都市中，黑夜一定比白天更美麗，黑夜掩遮了都市中的種種醜惡，而五光十色的燈飾，將都市點綴得如同仙境一樣。

藍天酒店是本市最大的酒店，它的大堂，可以容下兩千名嘉賓，在藍天酒店聳天的建築上，碧藍的霓紅燈，放出閃閃的光芒，映得附近的幾幢大廈，也泛出了一片美麗的碧藍色來。

藍天酒店的門口，擠滿了記者，警員正在維持秩序。

七點五十八分，一輛華貴的六輪大房車，轉過街角，直駛到了酒店的門口，閃光燈開始不停地閃著。

閃光燈閃耀的次數，是如此之緊密，以至人的眼睛根本無法適應，在那短短的一分鐘時間內，幾乎什麼也看不清楚。

木蘭花站在酒店的大門口，玻璃門的後面，她站立的地點雖然有利，但是也只能看清，車門打開，先走出來的，是一個中年男子。

接著走出來的是蒙蒂，然後，是四個彪形大漢，那是白克勞的保鏢，最後，才是一個大胖子，行動蹣跚地自車中走了出來，那當然是白克勞了。

木蘭花轉身走向大堂，大堂中的記者更多，白克勞也緩緩地走了進來，他仍然戴著黑眼鏡，四個保鏢簇擁著他，在大堂中坐了下來。

那中年男子首先站起來，介紹著他自己，是白克勞的秘書，他也說明了白克勞來本市的目的。

據他說，白克勞一則，是想遊歷一下著名的東方城市，二則，他屬下的珠寶公司，要在本市舉行一個有史以來，展出珠寶最多的展覽會。第三個理由，自然是順帶到來考察亞洲地區的經濟。

這位秘書所提出來的理由，全是冠冕堂皇，幾乎無懈可擊的，記者們紛紛提出問題，所有的問題，幾乎全由那位秘書代答。

白克勞根本未曾開過口，至多，也只不過是那秘書低頭向白克勞詢問幾句，白克勞低聲地說幾句，再由那秘書來代答。

但是不論如何，酒店的大堂之中，氣氛是十分熱鬧的，在那樣的情形下，木蘭花雖然坐在前排，但是也沒有什麼可以做的。

和藍天酒店大堂中的熱鬧氣氛相比較，木蘭花的住所卻是冷清得異樣。

安妮照著木蘭花的吩咐，天黑了之後，根本不點燈。

她坐在二樓樓梯轉角處的一個凹進去的地方，那地方更是黑得一點光也沒有，她的手中，提著一隻比她拳頭大不了多少的電視機。

她不斷按動小電視機上的掣鈕，使小電視機的畫面時時轉換，在屋子牆外，有著八支電視攝像管，屋外有什麼動靜，都可以在這具小電視機的螢光幕上反映出來，雖然只有她一個人坐在屋中，但等於有八個人守在屋外一樣。

時間慢慢地過去，四周圍仍然十分靜。

安妮按了一下鈕掣，電視之前兩吋見方的螢光幕上，現出大門口的情形來，有幾輛汽車，在門外的公路之上疾駛而過。

安妮又按動了掣鈕，左邊的圍牆外，也是一點動靜都沒有，她輪流地按著，周而復始，到了八點二十分時，她有發現了！

那時，她手中的電視機，螢光幕上映出來的，正是屋子後面的情形，她看到有兩個人，正從停在屋後林子中的一輛汽車中走出來。

那兩個人的手中，都提著一些東西，其中一個，向屋子指了一指，兩人便彎著身，迅速地向前奔了過來，到了圍牆腳下。

螢光幕很小，當那兩人來到圍牆腳下時，他們離隱藏的電視攝像管已很近了，但是安妮還是不容易看清他們的面目。

然而，那兩人的一切動作，卻再也難以逃得過安妮的眼睛，只見那兩人抬頭向屋中看了看，其中一個，便握著一根棍子，揚了一揚。

那根棍子，一節一節向上升了起來，最頂端的一節上，有著鉤子，鉤住了牆頭，那正是新型的爬牆工具，他們自然是準備爬牆而入的了！

安妮看到這裏，心中又是好氣，又是好笑，這兩個人，竟然到鼎鼎大名的女黑俠木蘭花的家中來搗鬼，那不是太好笑了麼？

那兩個人的行動十分迅速，轉眼之間，便爬上了圍牆，翻進了後院，安妮連忙又接連按動了幾下電視機上的掣鈕。

她可以在電視的螢光幕上，繼續看到那兩個人的行動！

他們已經離開了廚房的後門，摸進了屋子裏。

安妮看到他們已進了屋子，連忙熄了電視機，那樣，她躲在黑暗之中，便再也不會有人發現她了。

而她在關閉電視機的同時，又按下了在牆上的另一個掣，那個掣，是無線電控制掣，屋中隱藏的電視錄像管，會將那兩個人的行動全部錄下來。

安妮仍然坐在黑暗的角落中不動，在她坐的地方，可以看到樓下的一切情形，她聽到了輕微的腳步聲，同時，也看到那兩人已從廚房中走了出來，來到了客廳中。

那兩人東張西望了一會，將手中所提的小箱子，放到了餐桌之上。

其中的一個，將聲音壓得十分低，道：「沒有人！」

另一個點了點頭，他們放下了那兩隻小箱子後，立時又閃進了廚房之中，安妮在黑暗中揚了揚眉，心中覺得十分奇怪。

因為那兩個人進了屋子來，什麼也沒有做，放下了兩隻小手提箱就走了，那究竟是為了什麼？

安妮聽到廚房門關上的聲音，她又開了電視機，她看到那兩個人已經攀出了圍牆，又迅速地奔進了林子，來到了他們的車子之中。

也就在那時，安妮的心中陡地一動！

她在那一剎間想到了：那兩隻小手提箱中，一定是炸藥，足以炸毀整所屋子的炸藥！

當安妮想到這一點的時候，她足足呆了幾秒鐘之久！

因為她不知道該如何去應付這樣的變故才好！

那實在是來得太突兀了！

她只提防有人進來，會有什麼行動，而進來的人，卻放下了炸藥便離去，那她有什麼方法來防止爆炸呢？

這時候，她如果衝下去，去將那兩隻箱子拋到花園中去，那是一件極其危險的事，因為她根本不知道炸藥什麼時候會爆炸！

有可能，她剛來到了餐桌旁邊，炸藥就爆炸了，那麼，她會怎樣呢？但如果她不去移開那兩隻手提箱，而立時逃走的話，整座屋子可能被炸毀。

雖然那是短短的幾秒鐘，但是卻是極其嚴重的幾秒鐘，安妮的手心直在冒冷汗，她終於一躍而起，從樓梯的扶手上滑了下去。

然後，她奔向客廳，提起了那兩隻十分沉重的手提箱，在那一剎間，她的心幾乎停止了跳動，她衝向門口，將兩隻手提箱用力向花園中拋去。

安妮料得一點也不錯，那是兩箱炸藥。

可是，她卻未曾料到，那兩箱爆炸力是如此之猛烈，一箱炸藥是落地之後才爆炸的，有一箱在半空就爆炸了。

安妮一抛出了炸藥後，便立時退回到了大廳之中。

她先看到了火光一閃，便連忙身形一滾，滾到了一張大沙發的旁邊，接著便是驚天動地的兩下巨響，整幢房子全在搖晃著。

安妮在那一剎間，唯一的感覺便是世界末日來臨了！

所有的玻璃全都嘩啦啦的破裂了，吊在天花板上的水晶燈跌了下來，鋼琴向下倒來，就倒在安妮的身邊，而安妮也昏了過去。

安妮在昏過去之前的一剎那，已經完全不能想，她只是將她自己的身子儘管蜷縮著，縮在墊子柔軟的沙發之旁，雙手緊緊抓住了沙發的墊子。

她覺得身子好幾處地方，傳來一陣劇痛，但也是極短的時間的一剎那的感覺，和那種世界末日的震動相比，她的疼痛，實在微不足道！

也可以說，她完全因那種震動變得麻木了，接著，她就昏了過去。

4 心理攻勢

警局的值日警官，最早接到了大爆炸發生的消息，他立即用無線電話，通知了駐守在藍天酒店旁的警車，一個警官跑到了高翔的身邊，報告了爆炸事件。

當高翔聽說自己的住所發生了那麼猛烈的大爆炸，連幾里之外也可以聽得爆炸聲時，他立時想起，安妮是在家中的。

在剎那間，他整個人手足變得僵硬了！

但自然，那是極短的時間，他連忙擠過了記者群，在那時，他不由自主地在喘著氣，冒著汗，是以當他來到了木蘭花身邊的時候，木蘭花只向高翔看了一眼，根本不必高翔說什麼，她便已知道，一定有極度的重要事故發生了！

高翔捉住了木蘭花的手，他的手是冰涼的。

木蘭花也立時站了起來，她並沒說什麼，一直和高翔又擠出了記者群，她才道：「怎麼了？」

高翔在不自主地喘著氣道：「我們的家中發生了猛烈的爆炸，連幾里之外，也可以聽到爆炸的聲響和發出的火光！」

木蘭花雖然是十分鎮定的人，可是當她聽到了這一個消息時，她也不禁陡地震動一下，忙道：「那麼，安妮呢？」

「不知道，我是才接到報告！」高翔抹著汗。

木蘭花深深地吸了一口氣，道：「我們還等什麼？」

他們兩人匆匆走出了酒店，高翔一招手，一輛警車便駛了過來，他們一起上了警車，高翔道：「盡快駛到我家去！」

警車的警員一聲答應，他踏下油門，響起了警號，「嗚嗚」的警號大作，路上所有車輛全都讓開了路，警車向前疾駛而出。

不到五分鐘，警車已轉進了郊區的公路，一到了郊區的公路上，車子的速度更高，木蘭花和高翔兩人一直握著手。

他們兩人的手心上，都在冒著汗！

在車子駛上了郊區公路之後不久，車上的無線電話「滋滋」響了起來，有聲音道：「高主任，爆炸現場有新的報告！」

「快說！」高翔忙回答，「快說！」

「我們找到了安妮小姐！」

高翔和木蘭花兩人，都緊張得向前俯了俯身子，齊聲道：「她怎麼樣？」

「她情形良好，醫官已令她醒了過來，但是她受震盪過度，醫官又將她送到醫院去休息了，據醫官稱，她是不礙事的。」

高翔呆了一呆，他聽到了安妮無恙的消息，心中又驚又喜，他忙道：「爆炸不是猛烈得幾里路外都可以聽得見麼？何以她會安然無事？」

「爆炸的確很猛烈，但是從現場的情形來看，爆炸顯然是在花園中發生的，而安妮小姐是在客廳中，她有幾處被玻璃碎片割傷，但絕不嚴重。」

「好，你們先駐守著，別移動現場的一切，我在五分鐘之內可以趕到！」

高翔放下無線電話，轉過頭來，大大鬆了一口氣。

木蘭花皺著眉，道：「奇怪，那樣猛烈的爆炸，敵人一定是想將我們徹底毀滅，何以竟然爆炸會在花園中發生，真奇怪。」

高翔攤了攤手，道：「誰知道，只求安妮沒有事，那就謝天謝地了！」

木蘭花瞪了高翔一眼，道：「敵人下得了那樣的毒手，這一次沒有成功，一定還重再來一次，只是，我真的有點不明白——」

木蘭花講到這裏，略停了一停。

「你不明白什麼？」高翔問。

「我不明白他們的目的。」

「他們的目的，自然是謀殺！」高翔憤然說。

「我看不像。」木蘭花講到這裏，略頓了一頓，才又道：「他們應該知道我們並不在家中，而且，謀殺的方法有上千種，也沒有什麼人會採取那麼愚笨的辦法來殺人，照我看來，敵人的目的，只是在於破壞我們的屋子，使它徹底毀壞！」

高翔苦笑，道：「那麼是為了什麼呢？毀了我們的屋子，對任何人都沒有好處！」

「那很難說。」木蘭花搖著頭。

高翔立時向木蘭花望去，木蘭花轉頭瞪了高翔一眼，道：「別望我，我還沒有想到什麼，只不過我肯定，如果我們屋子全毀了，一定對某一個人大有好處！」

高翔沒有再說什麼，車子繼續向前駛著，不一會，便看到兩輛警車停在路邊，路上也架起了鐵馬，對來往的車輛進行檢查。

高翔乘搭的警車一到，一個警官跑步過來，向高翔行禮，高翔還了一個禮，車子便已駛過了封鎖線，三分鐘之後，車已到了他們住所的門前停了下來。

在路邊，停著四輛警車，兩輛消防車，許多警員都守在路邊，在指揮經過的車輛，盡量靠一邊行駛。高翔和木蘭花一下車，就看到了方局長。

方局長的神情，十分激動，他走過來，連連說道：「手段太狠辣了！」

高翔和木蘭花與方局長握了手，轉頭向他們的住所看去，剎那之間，他們兩人也不由自主倒抽了一口涼氣，作聲不得！

爆炸雖然已經過去了，但是還有一陣焦臭的氣味撲鼻而來，花園的圍牆有四分之三全被震倒了，木蘭花悉心佈置的小花園，簡直什麼也沒有剩下，在花園的中心，本來是噴水池和一個塑像的地方，多了一個直徑有七八尺的土坑。

所有的花卉草木全都被摧毀了，整幢房屋的玻璃都被震碎，客廳的大門被震剩了一半，落在翻起了的泥土上。

花園的鐵門也被震脫了，一半壓在倒塌的圍牆的碎磚之下，另一半扭曲得像是麵粉搓成的一樣，倒在花園的另一角之中。

從花園被破壞的情形看來，簡直就像是在這裏有兩連軍隊開過戰一樣！

木蘭花和高翔呆了一呆，踏著玻璃和土塊向前走去，方局長和幾位高級警官跟在他們的後面，一直來到了客廳中。

爆炸雖然未曾直接在客廳中發生，但是客廳中被損壞的情形也是驚人的，所有掛在牆上的畫，全部被震跌了下來！

一盞大水晶燈，幾乎沒有一個瓔珞還是完整的，散落在客廳的每一個角落，木蘭花呆了半晌，才道：「安妮居然沒有受傷，真是奇蹟。」

一個高級警官道：「我們發現安妮小姐的時候，她正靠在長沙發的腳下，這一定阻擋不少爆炸發生的衝力，所以她才沒有受傷。」

「她一直未曾清醒？」木蘭花問。

「不，」方局長道：「我們扶她起來，她就醒了。」

「她有沒有說出當時的情形！」

「有的，她說，她照你的吩咐，坐在黑暗中，等候可能出現的敵人，她看到有兩人偷進了屋子，放下兩包東西在室中，立時退了出去。」

「放在屋中？」高翔有點不明白。

「是的，那包東西，就是後來發生猛烈爆炸的烈性炸藥，安妮在那兩人走了之後，心中覺得奇怪，她立時想到那兩包東西可能是炸藥，她就拿那兩包東西拋出花園，其中一包，落地之後才爆炸，而另一包，是在半空中爆炸的。」

雖然，方局長在說的，是早已過去了的事，而且木蘭花和高翔也已知道安妮安然無恙，可是他們心中仍不免駭然！

木蘭花嘆了一聲，道：「這孩子，她竟然想到了那兩包東西可能是炸藥，她就應該設法盡快逃出屋子去，而不必去冒那危險！」

高翔也苦笑著道：「真是太危險了！」

方局長沉聲道：「這件事，由於對方的手段如此毒辣，我認為十分嚴重，你們可有什麼線索麼？如果讓行凶者逍遙法外，太不值了！」

高翔向木蘭花望去，木蘭花略想了一想，道：「暫時還沒有什麼。方局長，我看也不會再有什麼事發生，可以收隊了！」

方局長搖頭道：「不！這一次，行凶者可以說是並無收穫，從他們行事的手段來看，他們一定還會再來，我要留下大批警員保護你們！」

木蘭花笑著道：「方局長，如果我的屋子附近佈滿了警員的話，他們就不來了！」

「你要他們來？」方局長訝異地問。

「自然是！」木蘭花回答得好像那絕不是值得驚奇的事一樣，「我們現在一點線索也沒有，不等他們來，怎能破案！」

方局長仍然在搖著頭，道：「他們的手段這樣狠毒，我不放心——」

木蘭花笑道：「你不必不放心，我的屋子又不是第一次被人破壞，再凶險的場面，我也經歷過，我和高翔不會有什麼意外的。」

方局長望了望木蘭花，又望了望高翔，他的心中，倒也很同意木蘭花的話，因為他熟知木蘭花和高翔應付種種犯罪分子的能力！

如果有什麼事，是他們兩人也應付不了的話，那麼，就算派在屋子旁駐守的警員再多，也是解決不了問題的。

但是，方局長總是十分不放心，道：「那麼你們總要留幾個人幫幫忙，你們看，屋子內外，都被破壞得不成樣子了！」

木蘭花笑著，拿起了電話來，電話線被割斷了，電話自然不通，她道：「只要盡快替我們接通電話就可以了，旁的事我們自己會來。」

方局長嘆了一聲，道：「你們千萬小心！」

他說著，轉過身去，吩咐身後的高級警官準備收隊，他還是替木蘭花留下了一具小型發電機，因為爆炸已毀壞了電力的供應。

有了那具小型發電機，至少暫時可以使電燈發出光芒來，不致於要點蠟燭。木蘭花獨自上了樓，二樓的情形，也和客廳中差不多。

雖然木蘭花不要人幫助，但是警員還是自動地幫她收拾著當中的碎玻璃，亂了大半小時，總算在屋中走動時，不再聽到玻璃的「卡卡」聲了。

木蘭花也和醫院通了一個電話，知道安妮正接受了鎮定劑在沉睡，天亮之前不會醒來，他們可以暫時不到醫院中去探視她。

等到警員全部撤退之後，木蘭花和高翔兩人在客廳中坐了下來，由於遭到了極度的破壞，他們這時的感覺，不像是坐在一幢屋子之中，倒像是坐在一個棚架之下一樣。

木蘭花一聲不出，只是在沉思，高翔拉開了酒櫃，想倒一杯酒喝。

可是酒櫃的門一拉開，便聽得一陣碎玻璃聲，他找不到一隻完整的杯子，酒也震毀了一大半，總算還有一瓶威士忌得保無恙。

高翔打開了瓶塞，就著瓶口，喝了一大口酒，道：「蘭花，我看這件事情，就是那個卑鄙的大財團做的，何以你說一點線索也沒有？」

木蘭花望了高翔一眼，道：「你那樣想？」

「當然！」高翔憤然放下酒說。

木蘭花道：「我也那樣想，可是，單憑我們的想像，是沒有用的，對方是如此國際知名的大財團，如果沒有確實的證據，我們對他們能採取什麼行動？」

高翔呆了片刻，道：「那怎麼辦？他隨時可以離開，難道我們不加理會？」

木蘭花半晌不語，忽然笑了起來，道：「他的記者招待會，不知開完了沒有？」

高翔道：「你準備怎樣？」

木蘭花道：「他本來是秘密前來的，但是現在，已被我們逼得非露面不可了，他不就是住在酒店的二十樓麼？打個電話給他！」

高翔一聽得木蘭花那樣說，立時拿起電話來，聽了一聽，道：「電話倒已通了，可是，找到了他之後，說些什麼好？」

木蘭花站了起來，來回踱了幾步，道：「我們採取心理攻勢，你改變聲音，告訴他，他的爆炸並沒有成功，看他有什麼反應！」

高翔點著頭，立時撥了電話，不一會，他便聽到了蒙蒂的聲音，蒙蒂的回答是：「對不起，記者招待會使他感到疲倦，他不聽電話！」

高翔用一塊手帕遮住了話筒，道：「那麼，相煩你告訴他，他的爆炸並沒有成功，只不過炸壞了一個噴水池，和幾叢玫瑰花！」

蒙蒂聽了之後，像是呆了一呆，但是她的反應也來得十分快，她立時道：「先生，你是什麼人，我不明白你在說什麼！」

高翔怪聲怪氣笑了起來，道：「你明白的，他也明白的，只要你對他實說就行了！」

「對不起，先生，」蒙蒂又道：「我不認為你的話有什麼價值，同時，也請你別再打電話來騷擾，我們會要求警方調查的！」

蒙蒂的話才一講完，便放下了電話。

高翔也放下了電話來，木蘭花道：「看來，這個金髮美人倒很善於掩飾，要不然，就是我們的估計，完全錯誤了！」

「我不相信我們的估計有錯誤，蘭花，我要以警方人員的身分，公開去調查他們，看看他們來到本市，究竟有什麼陰謀！」高翔大聲說。

木蘭花沉聲道：「我已經說過了，這是行不通的！」

木蘭花在講了那一句話之後，略停了一停，道：「倒是有一個辦法可以行得通，我設法偷進他們的房間去，就算一時查不到什麼，也可以放下幾具偷聽器，來偵查他們的行動！」

高翔道：「當然是我去！」

木蘭花笑道：「當然是我去，他們的戒備一定極其嚴密，偷進去，一個不好，便會落在他們的手中的！」

「我知道——所以才要我去！」

「你是警方的高級人員，一落入他們的手中，連轉圜的餘地也沒有了，而我則只是平民的身分，就算有了意外，也比較好些！」

高翔明知木蘭花說得有理，可是他卻只是搓手，現出焦急的神色來，並不說話。

木蘭花笑了起來，道：「你怎麼了？我成了你的妻子之後，難道就會忽然變得弱不禁風起來了？這件事，我們一定要分工合作，你留在家中，我去偵查。」

高翔嘆了一聲，有點無可奈何地道：「你去只管去，但是我們之間，要有一個協議，到早上七時，你如果沒有回來，那我就帶人上去。」

木蘭花深深地吸了一口氣，道：「我同意，但是當你帶人上去的時候，你必須尋找一個極不傷和氣的理由，才可以行事。」

「自然，我知道。」

木蘭花嫣然一笑，上了二樓，高翔則在客廳中踱來踱去，不一會，木蘭花便已攜帶了應用的東西走了下來。那些東西，全都放在一隻小小的手提箱中。

高翔和她一起走出了花園，木蘭花跳上警方留下來的摩托車，疾駛而去。

高翔獨自一個人回到了客廳中，他還可以聽到木蘭花所騎的摩托車發出的「啪啪」聲迅速地在傳遠，終於，什麼聲響也聽不見了。

高翔也知道，像現在木蘭花要去進行的行動，對木蘭花來說，絕不算什麼，而且，當他們還未曾結婚的時候，木蘭花要有那樣的行動，也可能根本不會通知他，可是現在，高翔的心中，卻有著說不出的牽掛。

他回到了客廳中，很有些坐立不安，而電話聲又突然響了起來，高翔拿起了聽筒，電話聲音竟然是穆秀珍打來的！

穆秀珍也不知道是在什麼地方聽到了一點消息，她的聲音十分焦切，高翔才「喂」地一聲，她便叫道：「高翔，你沒有事？」

高翔笑道：「我如果有事，還能聽電話麼？」

穆秀珍也忍不住笑了起來，道：「究竟發生了什麼事？聽說發生了爆炸，是不是？是誰幹的？蘭花姐呢？安妮呢？」

穆秀珍一口氣問了六七個問題，高翔是知道她的脾氣，自然不以為意，只是笑著道：「你別心急，我來詳細告訴你，」

高翔又聽得穆秀珍叫道：「四風，你快來啊，真是發生了爆炸，高翔向我說了詳細經過，不，好像並沒有炸傷人！」

高翔大聲道：「什麼叫好像沒有炸傷人，根本沒有！」

「別理它了，你快說吧！」穆秀珍催促著。

高翔便將整件發生的事，說了一遍。

那時候，木蘭花駕著摩托車，已進了市區，夜已深了，即使是繁華的都市，在夜深之後，也是和日間的繁華大不相同的。

木蘭花將摩托車停在酒店側的一條巷邊，她先打開了小箱子，將她原來就在的簡單化妝，再加上一些，使她看來年紀更大些。

然後，她走進酒店，上了電梯，對電梯司機道：「二十樓。」

電梯司機望了她一眼，道：「對不起，小姐，酒店二十樓的全部房間都被人包下了，如果你要上二十樓，得用那邊的專用電梯。」

木蘭花略呆了一呆，道：「謝謝你！」

她立時走出了電梯，對方的防範如此小心，那倒也頗出乎她的意料之外。

她出了電梯之後，向電梯司機指給她看的那架電梯看了一眼，只見電梯前有兩個大漢守著，凡是有人走近電梯，那兩個大漢都說道：「對不起，這是二十樓的專用電梯！」

聽到那兩個大漢這樣說的人，自然都去轉搭別的電梯了。木蘭花知道，自己是絕說不出什麼理由來，可以讓那兩人允許她乘搭那專用電梯的。

她本來的計劃是，先到了二十樓，二十樓是酒店的頂樓，她可以再上一層，到達酒店的天臺，然後，再找尋進入二十樓的窗口。

但是照現在的情形來看，她這個辦法，顯然是行不通了，然而那也絕難不倒她的，她只要略為變通一下，就可以了。

她走向另一架電梯，進去之後，向司機道：「十九樓。」

那司機一句話也沒有說，就控制著電梯向上升去。

到了十九樓，木蘭花走了出來，自然的就像她是十九樓的住客一樣。

她在電梯門關上之後，便迅速來到了樓梯口處。

當她來到樓梯口的時候，她又看到，在二十樓的走廊近樓梯口處，也有兩個人守著，木蘭花自下面望上去，可以看得到他們，但他們卻未曾看到木蘭花。

木蘭花推開了一扇窗子，幾秒鐘後，她已經出了那窗子，站在只有六吋寬的窗簷上，背靠著窗子。

即使是木蘭花，當她那樣站著向下看去時，她也不禁感到一陣昏眩，她連忙偏過頭去，不敢向下看，她的動作十分小心，遲緩。

因為她必須保持她身體的平衡，如果一不小心，向下跌了下去，那實在是不堪設想的事。

她小心打開了手提箱，取出了一節徑可兩吋的銅管來。

那銅管上有一個可靠的握手，大約五吋長，她握住了銅管，按下了掣，銅管一節一節向上升了起來，直升到了將近七八尺長。

在伸出來的金屬管的一端，有著一個銳利的鉤子，木蘭花小心地將鉤子鉤在二十樓的窗簷之下，又用力向下拉了一拉。

當她肯定已經鉤住了窗簷時，她又按下了一個掣。

剛才自動伸延的金屬管，這時又一節一節地收縮起來，金屬管是利用強力的油壓原理在收縮著的，是以當金屬管收縮的時候，將木蘭花的身子帶了起來。

在那幾秒鐘之間，木蘭花的身子是完全懸空的，根本無可攀援，只要稍有什麼變故發生，她就會跌下去，而她離地面的高度，超過兩百英尺！

等到金屬管縮到了最後一節時，木蘭花也已攀住了二十樓的窗簷，她慢慢地探出頭來，從窗中去觀察二十樓走廊中的情形。

她看到幾個樓梯口都有人守著，除了那幾個守衛之外，走廊中很寂靜。

但是，木蘭花卻無法從走廊中走進去，她只要一現身，守衛就會發現她了，她縮回頭來，雙手攀著窗簷，將那小提箱掛在腰際，慢慢的向左移動著。

她移動了七八尺，又翻轉了早已套在手套上的真空橡皮附著器，使附著器貼著掌心，然後，向她上面的一扇窗子上貼去。

橡皮吸盤貼到了玻璃上，手掌下壓，將空氣壓了出去，吸盤便緊吸在玻璃上，足可以負起兩百磅的重量，手掌屈起，空氣又會進入，那吸盤便會脫離。

木蘭花就用這個方法，使得自己站到了窗簷下，她將耳朵貼在玻璃上，因為她先要弄清楚，這扇窗子，是屬於什麼房間的。

她傾聽了幾秒鐘，什麼聲音也沒有聽到，窗內又拉著窗帘，並沒有燈光透出來，木蘭花推測，那可能是無人居住的一間空房間。

雖說二十樓的房間全被包下了，但是事實上，決不可能住滿所有二十樓的房間的，那樣做，只不過是為了氣派和安全的問題而已。

木蘭花用手上所戴的戒指，在玻璃上劃了一個圈，然後，又用吸盤將劃下的玻璃吸了出來。

她的手已可以伸進窗子去了。她拉開窗栓，打開了窗子，然後撩開了窗帘，輕輕地進了房間之中，她在關上窗子之後，便開始打量那間房間。

那是酒店中的一間雙人房，房中並沒有人，而且，從房中的情形看來，也不像有人居住的樣子，木蘭花知道自己估計得不錯。

她先取出了一副如同醫生的聽診器差不多的東西來，將兩個耳塞塞在耳中，而將另一端按在牆上。

那是一副微聲波擴大儀。如果在鄰室有聲音發出來的話，藉著這具儀器的幫助，木蘭花就可以聽得清清楚楚，但是木蘭花卻也沒有聽到什麼。

她聽了兩幅和鄰室相連的牆壁，都沒有什麼結果，又進了浴室，當她將儀器的一端，按在浴室的一邊牆上時，她聽到了一陣「滋滋」聲。

那是一種很普通的聲音，但木蘭花立時判斷，那是電鬚刀轉動的聲音。那也就是說，在相鄰的那間浴室中，有一個人在刮鬍子。

木蘭花知道，在這間無人居住的房間中，她是很安全的，她可以利用這個安全的環境，來多了解一下二十樓中的情形。

是以她並不離去，只是找尋了一個聽起來那種「滋滋」聲更清晰的位置，她等了兩三分鐘，便又聽到了一陣腳步聲。

那陣腳步聲證明另外有一個人走進了浴室。

接著，「滋滋」聲便停了下來，有一個人道：「嘿，輪到你了，大波士吩咐過的，要千萬小心，你還在做什麼，又不是和女朋友有約！」

另一個人抱怨地道：「其實，也不用那麼緊張，誰不知道他有錢，可是誰也不能在他的身上刮些錢走，等我剃完了鬚再說！」

那一個又催道：「快些！」

接著又是一陣腳步聲，而「滋滋」聲也再度響起，從那兩人的交談聽來，那自然也是守衛人員，可見守衛人員還真不少！

木蘭花收起了儀器，來到了房門前。

5 致富秘訣

木蘭花將門打開了一道縫，她的行動十分小心，竭力不發出一點聲響來，當她從那條門縫中向外望去時，發現就在門外不遠處，站著兩個守衛！

木蘭花又小心地將門關上，她是無法從這扇門走出去的。那麼，她應該怎麼辦呢？在這間房間中，她實在得不到她需要的線索！

木蘭花在門旁站立了片刻，她再度打開了門，向外面張望了一下，那兩個守衛還是在走廊遠處，另外還有幾個人。

看來，白克勞對於他自己的安全，比什麼都重視！

木蘭花心想，如果自己能夠將這兩個守衛引進房間來，而將他們擊昏過去，那麼，換上他們的衣服之後，是應該有機會走出去的。

這兩個守衛離走廊中其他的守衛相當遠，她弄出一點小聲響來，也不致於會引起別人的注意。

木蘭花想到這裏，深深吸了一口氣，她突然拉開了門，人也閃到了門的後面。

當她躲在門後之際，她伸指在那門上叩了兩下。

那兩下叩門聲，雖然不是十分響亮，但是木蘭花從門縫中看出去，也可以看到，叩門聲引得那兩個守衛轉過了頭來。

那兩個守衛一轉過頭來，自然就看到房間的門已然打開，他們兩人互望了一眼，一臉狐疑之色，轉身向前走了過來。

木蘭花暗笑了一下，那兩個守衛只要一走進門來的話，那麼，她就可以出其不意，出手將他們打倒了。

當木蘭花想到這一點的時候，她幾乎以為自己已經可以實行計劃的第二步了。

可是，事情接下來的發展，卻著實出乎她的意料之外！

只見那兩個守衛向前走出了兩步，來到了離門口還有兩三碼時，便突然站定，其中的一個，突然揚起了手來，叫道：「喂，你們來看看，這裏有古怪！」

那守衛一叫，木蘭花的心便陡地向下一沉。

剎那之間，只聽得走廊的兩邊都有急驟的腳步聲傳了過來，木蘭花知道，那是其餘的守衛聽到了叫喚，一起奔了過來。

這完全是木蘭花料不到的變化！

如果只是兩個守衛，不明所以走進房間來，那麼，木蘭花足可以將他們制服，但是如果來的人多，木蘭花也是沒有辦法的。

是以一聽得腳步聲起，木蘭花身形陡地一縮，一轉身，已經閃進了浴室之中，她剛躲進了浴室，便聽得至少有四五個人已進了房間。

只聽得一個道：「房間中沒有人啊？」

另一個道：「我剛才明明聽到有人叩門聲。」

還有一個道：「房間中沒有人，房門怎會打開來的，我們得好好找一找，我看一定是有人混進來了，大家小心一點！」

當那些守衛在房間中七嘴八舌，議論紛紛之際，躲在浴室中的木蘭花不禁苦笑了起來，她迅速地來到了窗口，想要從窗中鑽出去躲避一下。

可是那浴室的窗口是密封的，只有氣窗可以打開。

然而氣窗也只能推開七八吋左右，絕不能鑽出去。若是換了旁人，可能還會希望進房間來的那些打手，會不來搜查浴室。

但是木蘭花卻絕不作那樣的想法，她知道，世界上絕沒有那樣的僥倖，她的決定來得十分快，她立時一轉身，離開了窗子，拉開了浴室的門。

當她拉開浴室的門時，有兩個守衛恰好正向浴室走來，以致木蘭花才一現身，和他們相距只不過三四尺上下！

那兩個守衛陡地看到一個人從浴室中走了出來，嚇了老大一跳，忙向後退了開去，並大聲吆喝著，手中的槍已對準了木蘭花。

在不到一秒鐘的時間內，用手槍對準了木蘭花的，一共有三個守衛之多，可是木蘭花的神色非常鎮定，緊張的反倒是那些守衛！

木蘭花淡然一笑，道：「你們何必那麼緊張？我只不過想見一見白克勞先生罷了！」

一個守衛厲聲道：「你是怎麼在這裏的？」

木蘭花依然笑得很平淡，道：「那是我的事情，我要見白克勞先生，你們之中，誰可以帶我去見他？還是要我大聲叫喊？」

那幾個守衛都盯住了木蘭花，僵持了幾秒鐘，其中一個守衛道：「你們看住她，我去通知蒙蒂小姐，看她有什麼決定？」

那守衛說著，轉身向外便走。

木蘭花微笑著，向前走了兩步，在一張沙發上坐了下來。

當木蘭花向前走動之際，那幾個守衛的神態更是緊張，其中有兩個，甚至「卡卡」兩聲，已然扳下了手槍上的保險掣。

木蘭花道：「你們放心，我沒有什麼別的意圖，別緊張！」

這時候，五個守衛用手槍指著她，但是木蘭花卻行若無事，反倒叫對方不必緊張，那確然令得對方五個人都有啼笑皆非之感。

那個離去的守衛，只不過去了半分鐘，便已經回來，在他的身後，跟著金髮碧眼，美麗動人的蒙蒂。

蒙蒂並不向前走來，只是站在門口，那顯然是她的心中對木蘭花十分忌憚，是以才要和木蘭花保持一定的距離。

在蒙蒂的臉上，泛起十分動人的笑容來，她道：「我早就料到，除了木蘭花小姐之外，不會有什麼人能夠出現在警衛森嚴的酒店頂樓！」

木蘭花也站了起來，道：「我們又見面了，蒙蒂小姐，我想見一見白克勞先生，我想，你一定可以代我安排與他會見的。」

蒙蒂直視著木蘭花，道：「如果每一個人都以為他直闖了進來，就可以會見白克勞先生的話，那也未免太天真一些了！」

木蘭花笑道：「是麼？」

蒙蒂的臉色一沉，笑容在她美麗的臉龐上消失，她冷冷地向一個守衛道：「去通知警方，將她帶走！」

木蘭花早料到蒙蒂會那樣說，是以蒙蒂的話才一出口，她立時便道：「蒙蒂小姐，那樣的話，你們就得不回要得的東西了！」

蒙蒂陡地一震，道：「什麼東西？」

木蘭花笑得十分愉快，她道：「那又何必說明？你知道，我也知道，白克勞先生更知道，我看，我們還是好好談談的好！」

蒙蒂的臉色，變得十分難看。

就在這時，在蒙蒂的手腕上，突然傳出了一個男人的聲音來，道：「蒙蒂，她說得對，我們的確是應該好好地談一談！」

木蘭花笑道：「你看怎麼樣，白克勞先生已肯見我了！」

當木蘭花毅然決定，從浴室中走出來的時候，她已經預料到自己一定可以見到白克勞的了。

她來這裏的目的，本來是想在暗中探聽一些什麼線索，可是當她發現對方的守衛是如此之緊密，自己無法在暗中探聽到什麼時，她立即改變了主意。

隨機應變，這是木蘭花許多次成功的主要因素之一！

她知道，自己在現身之後，很可能被對方逐出來，但是卻不會有什麼生命危險，因為白克勞是一個財閥，並不是什麼犯罪組織的頭子。

白克勞有著數不清的財產，他決不會愚蠢到公然殺人，因為一個人的社會地位不論多高，一旦當他殺人有證據時，他也就什麼都沒有了！

木蘭花也知道，白克勞一定已得到了自己住所爆炸的消息，假定白克勞製造爆炸，是為了想毀滅一樣東西，那麼他自然也可以知道，目的並未曾達到。

木蘭花的推測是，白克勞想要毀滅的東西，正是李諾慌慌張張交來的東西——雖然木蘭花其實根本還不知道那是什麼。

木蘭花也可以知道，白克勞對李諾的東西有著濃厚興趣，她以這個為題目，要求和白克勞見面，是一定可以達到目的的！

現在，事情的發展，和她的預料完全吻合！

蒙蒂的手腕上，戴著一個有很多塊寶石的手鐲，在那些寶石之中，一定有一兩塊是超小型的傳音器，是以白克勞才能聽到她的話，也能將他的聲音通過傳音器發出來！

白克勞的聲音繼續傳出來，道：「我在我的房間中接見她，蒙蒂，請你立即帶她來，其餘的人，仍回到守衛的崗位上去！」

蒙蒂答應了一聲，向六個守衛揮了揮手，同時對木蘭花道：「好吧，你的目的達到了，跟我來，我帶你去見白克勞先生！」

蒙蒂轉身向外走去，木蘭花愉快地跟在她的後面。她們兩人出了走廊，一直來到了快到走廊盡頭的一間房間前，才停了下來。

蒙蒂叩了叩房門，房門打開來，在房門內，站著兩個彪形大漢。

那是一間相當小的單人房，白克勞包下了酒店的一層，但是他自己，卻只住在一間最普通的單人房中，木蘭花多少也有點感到意外，心中佩服他那種巧妙的安排。

木蘭花和蒙蒂才走進去，白克勞在安樂椅中，欠了欠身子，他仍然戴著一副很大的黑眼鏡，使他看來有一種神秘的感覺。

木蘭花來到了他的身前。

白克勞道：「請坐。」

蒙蒂則向那兩個彪形大漢使了一個眼色，那兩個大漢立時退了出去，蒙蒂道：「白克勞先生，需要我在這裏麼？」

白克勞還沒有出聲，木蘭花已然道：「蒙蒂小姐，你何必客氣，我想你知道全部事情的經過，你當然可以留下來！」

蒙蒂的神色顯得十分憤怒，但是白克勞卻嘎聲笑著，道：「木蘭花小姐，你真了不起，你好像什麼全都知道一樣？」

木蘭花冷冷地道：「至少有一樣我不知道，我未曾料到有人的手段，竟然如此卑劣，想將我的住所完全炸毀掉！」

白克勞又欠了欠身子，雖然他戴著黑眼鏡，但是也還可以看出，他臉上的神色十分不自在，他乾咳了一聲，道：「我不明白——」

木蘭花冷笑著，道：「你明白得很，但是我們不談這個，因為我雖有確鑿的證據，而你，卻是絕對不肯承認的，我們談別的吧！」

木蘭花講到「我有確鑿的證據」時，白克勞肥胖的身子陡地震動了一下，他肥厚的嘴唇掀動了一下，像是想說什麼。

可是，他口唇掀動，卻又沒有說出什麼來。

木蘭花的聲音更冷峻，道：「白克勞先生，你可是想問我，究竟有了什麼證據，但是卻又覺得不便問出口，是不是？」

木蘭花的詞鋒如此咄咄逼人，令得白克勞顯然有不知如何回答才好之感，他只好發出了幾下乾笑聲來，來掩飾他的窘態。

木蘭花笑了起來，道：「其實，簡單得很，當蒙蒂小姐白天來過之後，我早已料到，晚上一定會有些什麼非常的事故發生，所以我有人在黑暗中監視著一切，電視攝像管將那兩個放炸藥的人的一切行動，全都記錄了下來，隨時可以播放出來，那兩個人太大意了，他們以為屋中沒有人，是以根本未曾蒙面——」

木蘭花才講到這裏，白克勞已喘起氣來。

木蘭花卻笑得很開心，她又道：「那兩個人，自然是在你的隨行人員之中！白克勞先生，我料得一點也不錯吧！」

白克勞的身子又震動了一下，他伸手摘下了他的眼鏡來，在他滿是肥肉的臉上，有著一對小而銳利的眼睛，他的眼珠，幾乎是淺灰色的，以致看來根本不像是眼珠，倒像是在他的眼中，嵌著兩粒毫無情感的石頭。

但那種冷酷的，無動於衷的神采，卻又不是任何石頭所能表現出來的，他注視著木蘭花，道：「對別人的行動，我沒有負責的必要！」

木蘭花笑道：「說得對，而且，我也相信，這兩個下手的人，由於他們會得到巨大的好處，他們也不會說出是由什麼人主使他們的！」

白克勞的小眼珠眨了一眨，說道：「你很聰明。」

木蘭花道：「謝謝你，我來見你，本來也不是為了談這種事的，不過我想提醒你，爆炸結果在花園中發生，我的屋子並沒有什麼毀壞！」

白克勞「哼」地一聲，並不表示意見。

木蘭花又道：「所以，有一個人想要將之毀滅的東西，仍然存在，白克勞先生，我猜你對這東西會有興趣，所以才來找你的。」

白克勞也笑了起來，小眼睛瞇成一道縫。

但是，即使在他的小眼睛瞇成一道縫時，他灰白色的眼珠放出的那種冷酷之極的光芒，仍然顯示他是一個鐵石心腸的人。

木蘭花望著他，白克勞笑了好一會，才道：「我不知道你所說的是什麼，但是不可知的東西，似乎更能引起買家的興趣！」

木蘭花道：「或許是。」

白克勞道：「好，那麼，請你開價錢吧！」

木蘭花聽得白克勞立時那樣說，她也不禁呆了一呆！

她在言語中巧妙地想引導白克勞說出那東西是和李諾有關的事，但是白克勞卻在每一句話中，同樣巧妙地規避著這一點。

說來說去，白克勞仍然不肯承認那是什麼東西！

木蘭花其實沒有得到什麼，她所得到的，只是幾疊白紙！

她知道白克勞是一個世界著名的富商，不論她開出來的價錢多少，如果白克勞想得到那東西的話，那麼，他都會一口答應的。

在白克勞答應了價錢之後，那麼，她就非攤牌不可了！是以，她不能那麼快就和白克勞談到價錢的問題。

她心念電轉，只不過呆了極短的時間，便笑了起來，道：「白克勞先生，你那麼快便提到了價錢，不是太心急一些了麼？」

白克勞的眼睛瞇得更細，蒙蒂怒道：「你有東西要出讓，白克勞先生要你開價錢，這還有什麼可以多加猶豫的？」

木蘭花連望也不向蒙蒂望一眼。只是直望著白克勞，道：「我認為我是和懂得生意經的白克勞先生在談判，白克勞先生，是不是？」

木蘭花的話，奚落得蒙蒂的臉變成了鐵青色，白克勞卻是像十分欣賞木蘭花的話一樣，又笑了起來，道：「自然，自然！」

木蘭花又道：「那麼，你不想先知道我有的是什麼？」

白克勞伸手摸著他疊成了三摺的肥下巴，道：「木蘭花小姐找到了我這個買主，那麼要出讓的東西，一定是物有所值的，不必多問了！」

木蘭花的心中暗叫了一聲：「好狡猾的傢伙！」她進一步逼問道：「當李諾將那些東西交給我的時候，他曾經提及過——」

木蘭花講到這裏，故意停頓了一下。

她是想白克勞接下口去，那麼，多少可以在白克勞的口中，探聽出一些什麼來了，然而，白克勞的狡猾遠在木蘭花的預料之上！

白克勞打了一個呵欠，道：「我注意到你提到了另一個人的名字，但是抱歉得很，對於這個人，我根本未曾聽到過他的名字！」講到這裏，又打了一個呵欠，然後道：「而且，我對於這個人，沒有任何興趣！」

木蘭花微笑著，道：「那很好，白克勞先生，你是一個舉世聞名的生意人，我相信你也明白做生意的原則，在不是坦誠相見的情形下，是做不成生意的！」

白克勞「哈哈」大笑了起來，道：「木蘭花小姐，從你的話中，證明你根本不是一個生意人，現代商業的經營原則，恰恰和你所說的相反，不但不能和對方坦誠相見，而且，越是隱瞞得多，對於自己的這一方面，就越是有利，這便是我的致富的秘訣——」

木蘭花深深地吸了一口氣，她以為她可以引得白克勞在言語之中透露一些什麼，但是從現在這樣情形看來，那是不可能的事了！

她一時之間，不知該如何說話才好，這種情形，是極少在她身上出現的，但是白克勞是如此狡猾，多少使她感到再難以入手！

白克勞又道：「或許，你不便提出價錢來，那麼，由我提出來也可以，我提出來的價錢是一百萬美金，你表示同意麼？」

木蘭花立時道：「價錢很不錯了，但是，我想知道，你出那麼高的代價，去買一種你根本不知道那是什麼的東西，不是很滑稽麼？」

木蘭花既然不能用迂迴的語言套問出來，她自然只好採取直接的方法了。

白克勞笑著，道：「一點也不滑稽，你可曾聽說過，一個人用十萬美金，買了一張古老的郵票，立時點火將它燒去的故事麼？」

「自然聽過。」木蘭花說。

「你說，」白克勞俯身問木蘭花，「他為了什麼？」

「為了獨佔！」木蘭花立時回答。

白克勞立時又將背靠在安樂椅背上，他徐徐地道：「小姐，你是一個聰明人，我想，你的好奇心，也應該得到滿足了！」

談話到了這一地步，木蘭花實在沒有什麼好說的了！

白克勞卻又在這時進逼了過來，他道：「假定你已同意了這個價錢，那麼，是我派人跟你取那東西，還是你將它送來？」

木蘭花的心中，不禁苦笑了起來，因為在她的手頭，根本沒有什麼東西！如果她已知道李諾給他的是什麼，而白克勞這時又明白地說出，他的目的是為了獨佔，那麼，對整件事情的來龍去脈，她多少可以有一點概念了！

但是現在的情形卻並不是那樣。現在，她反而處在一個十分尷尬的境地中了，她已不能對白克勞說，她手頭根本沒有他要的東西，而她卻又要立即回答白克勞的話！

她吸了一口氣，緩緩地道：「自然是我拿來給你！」

她講到這裏，站了起來，喃喃地自言自語道：「我想李諾一定是一個傻瓜，放著那麼巨大的錢財不要，真是天大的傻瓜！」

白克勞「哼」地一聲，道：「我未曾見過比他更固執的大傻瓜，」

木蘭花是故意那樣自言自語的，她知道，當自己正面和白克勞交談之際，白克勞的警惕性十分高，不會露出任何口氣來的。

但是，一個人不論防範得多密，多麼小心，如果他的心中老在想著這件事情的話，那麼，總會在不知不覺中露出些口風來的。

問題就是要製造這種不知不覺的條件。

木蘭花自言自語，就是為了要使白克勞放鬆警覺，好使白克勞以為交易已然完成，一切都已經過去，不再那樣提防了！

同時，木蘭花也料到，白克勞一定也曾向李諾提出過同樣的條件，而曾為李諾所拒，在一個習慣以金錢指揮收買一切的人而言，當他提出的條件被人拒絕時，他一定對這件事耿耿於懷，是以木蘭花才特地低聲地自言自語，罵李諾是傻瓜！

白克勞果然忍不住接了一句口！

木蘭花一聽得白克勞那樣說，心中大喜，立時抬起頭，向白克勞望來，她也不開口，只是似笑非笑地望定了白克勞。

木蘭花對心理學有著高深的研究，不然，她剛才也難以引得白克勞上當。她知道在如今那樣的情形下，自己什麼也不說，比說什麼都可以令得對方不安！

果然，在木蘭花的注視之下，白克勞侷促不安了起來，他先是微笑著，但是仍不能掩飾他的不安，他又按著扶手，站了起來。

木蘭花直到這時，才道：「白克勞先生，李諾是被人謀殺的，自然，你也不能對別人的行為負責，但是警方卻想追求事實的真相！」

白克勞陡地轉過了身去，背對著木蘭花，他道：「我明天就想離去，如果你想和我進行交易的話，最好在明天十時之前完成！」

木蘭花道：「好的，我會和你聯絡。」

白克勞卻一口拒絕了木蘭花的要求，道：「你不必和我聯絡，你和蒙蒂小姐接頭就可以了，我全權委託她代表我，進行一切。」

木蘭花呆了一呆，白克勞已下了逐客令道：「你可以走了！」

在那樣的情形下，木蘭花自然不能再逗留下去了！

她轉身走出了房間，由兩個守衛陪著，用專用電梯下樓去，出了酒店。

當她回到家中的時候，高翔已經等得十分焦急了！

家中仍然那麼亂，沒有十多天的時間，想回復原來樣子，簡直是不可能的。見到了高翔，木蘭花將經過的情形說了一遍。

高翔皺著眉，道：「他願出那麼高的代價，李諾的東西，究竟是什麼？」

「白克勞自然是知道的，但他不肯說。」

高翔來回走了幾步，木蘭花道：「照你看，警方有沒有可能，運用權力，到時不准白克勞離開本市？」

高翔搖頭道：「如果是別人，我們自然可以做得到，但是白克勞的身分那麼特殊，除非我們有極其確定的證據，才可以做到這一點。」

木蘭花苦笑了一下，道：「我也知道那可能不大，那麼，我想只好明天早上，再作打算了！」

高翔攤著手道：「明天早上？明天早上你要拿東西給他了，而我們根本什麼也沒有得到，你去拿什麼東西和他交換？」

木蘭花皺著眉，沉思著，過了好一會，才道：「我看事情沒有那麼簡單，你想，白克勞就算不在乎這筆錢，那麼，他想得到的東西，一定也是極度秘密，如果我們已得到了那東西，你想，他肯讓我們長遠地保持這個秘密麼？」

高翔不禁駭然，道：「你說他會怎樣？」

高翔的話才一問出口，木蘭花便已道：「他是如何對付李諾的，就會用同樣的方法來對付我們，自然，那要在他得到了東西之後。」

高翔呆了一呆，道：「或許是得到那東西的同時！」

木蘭花的雙眉陡地一揚，道：「你的意思是，明天我和蒙蒂見面的時候，會有人暗害我們？」

「可能是這樣。」高翔神色凝重。

「希望是這樣！」木蘭花卻笑了起來。

高翔在一聽得木蘭花那樣說時，還不明白是什麼意思，但是接著，他就明白了，他明白木蘭花的意思是，如果白克勞叫人埋伏著，要暗害木蘭花，那麼，他就可以派人作反埋伏！

木蘭花握住高翔的手，道：「今天我們無法在這裏過夜，到你以前的住處去吧，明天十點鐘之前，我和蒙蒂聯絡！」

高翔點了點頭，他們兩人，手拉著手，走了出去。

當他們的車子在公路中飛馳之際，公路上極其平靜，平靜的黑夜，不知掩飾了多少罪惡。

大都市之夜，正是充滿了各種罪行的夜，而有許多罪行，根本連一點痕跡也沒有，無法找尋的！

6 正式交易

第二天，高翔醒來時，木蘭花正在撥電話，他立時坐起身來，聽到木蘭花說：「九時半，我們在什麼地方見面，請你決定。」

蒙蒂在電話中講了些什麼，高翔無法聽得清。

接著，又聽得木蘭花道：「好的，白克勞先生的本領真大，可以調得到那麼多現鈔！」

木蘭花說著，放下了電話道：「九點半，我們在飛機場見，白克勞已包了專機，十時正起飛。」

高翔看了看鐘，時間是八點半。

高翔望著木蘭花，並不出聲。

木蘭花笑了一下，道：「你不是想說，到時候我們拿什麼東西去給他，是不是？」

高翔點了點頭。

木蘭花坐了下來，托著頭，過了片刻，才道：「我想，不論我們有沒有東西交給他們，結果都是一樣的。」

高翔愕然道：「什麼意思？」

「我昨天已經說過了，白克勞絕不會想將這個秘密給別人知道，是以他一定會殺我們滅口，讓他自己來獨享這個秘密！」

高翔深深吸了一口氣，道：「那究竟是什麼秘密啊？」

木蘭花道：「我不知道，這兩天，我一直在想，那究竟是什麼秘密，但是我一點也想不出來，為了要使白克勞相信，我還要到家中去，將當日李諾交給安妮的那隻皮包找出來，你去問問安妮，她將那隻皮包放到什麼地方去了。」

高翔撥著電話，木蘭花進了浴室。

等到木蘭花從浴室中出來的時候，高翔也放下電話，他道：「安妮的情形很好，醫生建議她再休息一兩天，她也接受了。」

「那皮包呢？」木蘭花問。

「她也記不起放在什麼地方，總是在書房中，多半是隨便拋在地上了，」高翔說：「她很關心這件事的發展，我也沒有什麼可以告訴她的。」

木蘭花「唔」地一聲，道：「你派一些警員到醫院去保護她，然後，再帶幾個幹練的探員到機場去，監視白克勞和他手下的行動。」

「你呢？」高翔有點擔心地問。

「我？我自然是帶著那皮包，到機場的貴賓室，去和蒙蒂見面。」木蘭花笑了起來，「你怎麼了，擔心我會有意外麼？」

「自然是！」高翔揚聲道：「你明白白克勞會殺人滅口，可是你還要去冒險！」

木蘭花自然很明白高翔關切她的那種心情，她攤了攤手，道：「沒有辦法啊，不是那樣的話，事情永遠也沒有了結！」

她略停了一停，又道：「時間差不多了，我們該開始行動了！」

高翔嘆了一聲，迅速地穿好衣服，和木蘭花一起離開，他們在大廈的門口分了手，木蘭花騎著高翔的摩托車，疾馳而去。

木蘭花來到了住所，直奔書房，她才走進書房，就看到那隻皮包，就在寫字檯腳下的字紙簍旁，她將皮包提了起來，放在桌上。

書房中很凌亂，但是放在幾個暗櫃中的東西，卻還十分完好，木蘭花打開了暗櫃，估計著可能發生的情況，揀了幾件應用而小巧的武器帶在身上。

她看了看表，就下了樓，仍然駕著摩托車離去，當她來到機場大廈時，是九時二十分。

白克勞的離去，似乎是公開的，因為機場大廈中有很多記者，木蘭花也看到了很多探員，雖然他們都穿著便衣，但木蘭花也可以認得出他們來。

木蘭花走向貴賓室的時候，一個中年紳士來到了她的身邊，向她擠了擠眼，木蘭花也立即認出他就是高翔來。

木蘭花自然也知道，持在高翔手中的那根手杖，事實上，是一柄遠程的來福槍，射程相當遠，可知高翔的準備工夫做得不錯。

高翔像是不經意地向前走去，而當他在木蘭花的身邊經過時，他低聲道：「白克勞和他的隨行人員，五分鐘內就可以到達了！」

木蘭花點了點頭，已經來到了貴賓室的門口。

由於白克勞是非同小可的大人物，是以貴賓室的門口戒備森嚴，但是木蘭花要進去，自然是沒有問題的，她走了進去，坐了下來。

那時候，貴賓室中，除了她一個人之外，什麼人也沒有。她坐下之後不久，就聽得貴賓室外響起一陣喧嘩聲來。

木蘭花隔著玻璃門，向外望去，只見兩個彪形大漢開道，另外兩個大漢護衛著，白克勞已經挺著大肚子，向貴賓室走過來。

很多記者想接近白克勞，但是卻都給白克勞的護衛人員擋了駕，跟在後面的，是艷麗照人的金髮美人蒙蒂，她也不理會記者的問題。

木蘭花注意到，蒙蒂的手中提著一隻圓形的化妝箱，那化妝箱好像很重，因為蒙蒂不斷地在換手，箱中可能就裝著鈔票。

一行人很快就來到了貴賓室的門口，警衛人員推開了門，一行人直走了進來，記者全被拒在門外，但是隔著門，還是不斷有人在拍照。

白克勞像是根本不認識木蘭花一樣，走進了貴賓室，便和市政府代表來送他的官員，在一角坐了下來，離木蘭花相當遠。

但是蒙蒂在一走進了貴賓室之後，就直向木蘭花走了過來，她在木蘭花的身邊坐了下來，笑道：「蘭花小姐，你真準時！」

木蘭花笑了一下，蒙蒂將那化妝箱放在膝頭上，將化裝箱蓋打開了兩三吋高，恰好使木蘭花可以看到箱中的情形。

木蘭花看到，化妝箱中，是大半箱鈔票。

木蘭花緩緩地吸了一口氣，現在，已到了正式交易的時候了，但是木蘭花卻拿不出東西來。

在她的預料中，這時，應該是有點緊張的鏡頭出現了！

她看到，高翔化裝的中年紳士，和幾個探員也一起走了進來，坐在貴賓室的一角，但是一切還是顯得十分平靜。

木蘭花在那樣的情形下，也沒有別的辦法可想，她只好將那隻皮包向蒙蒂遞了過去，道：「這就是李諾交來的原物。」

她那句話，說得十分含糊，可是蒙蒂卻像是十分滿意，她接過了那皮包來，將化妝箱留在木蘭花的身邊，向白克勞走了過去。

木蘭花和高翔互望了一眼，他們不知道接下來會有什麼事發生，心中十分緊張。

只見蒙蒂來到白克勞的身前，將那皮包交給了白克勞。

白克勞仍然戴著黑眼鏡，他面上的肥肉，抖動了幾下，想來他的心中，也一樣覺得十分緊張，他接過了皮包之後，抬頭向木蘭花看了一眼。

當他發現木蘭花也在注視著他時，他略怔了一怔。

接著，便是木蘭花和高翔意料不到的事情發生了，他們看到白克勞打開了皮包，木蘭花在皮包中，預先放下了幾疊白紙。

當白克勞一打開皮包的時候，木蘭花的手心也不禁在出汗，因為就算她足智多謀，可是她卻也想不到，當白克勞發現皮包中只是一些白紙後，她該如何應付。

然而事情的發展，是出乎意料之外的，木蘭花看到，白克勞在打開了皮包之後，伸手進去，並沒有將皮包內的白紙取出來。

他只是伸手在皮包內摸了一下，木蘭花看到，那皮包的握把突然彈了開來，木蘭花和白克勞離得大約有十五尺，她可以看得十分清楚，在那皮包的握手彈開了一半之後，是一個凹槽，在那凹槽之中，有著一卷小小的軟片！

在那時候，木蘭花幾乎要伸手在自己的額頭上用力地鑿上幾下！

她在埋怨自己，為什麼未曾想到那皮包中另外有著秘密！

她的心中確實感到十分難過，因為那實在是早該想到的，李諾沒有理由將三疊白紙交來，當檢查了那些白紙，發現一無所有之後，就應該立即想到，秘密可能是在皮包之中！

但是，由於接下來發生的一切，實在太突然了，是以竟未曾想到這一點！

而看白克勞的情形，他像是早知道秘密是在什麼地方的……

這時，他肥胖的手指，已經在那凹槽之中將那軟片拈了出來！

木蘭花立時和高翔互望了一眼，他們雖然沒有交談，但從相對的表情上，卻可以看得出對方在想些什麼！

他們都想像過將那卷軟片搶過來！

但是，不論他們如何急切想得到那卷軟片，在那樣的情形下，他們都是無法達到目的的，因為一個市政府的高級官員，就坐在白克勞的身邊！

那官員看到白克勞在皮包的握手處，取出了一卷軟片來，他也像是十分感到興趣地問道：「咦，那是什麼東西？」

白克勞發出「嘎嘎」的笑聲來，道：「一卷軟片！」

那官員也笑了笑道：「我自然知道，那是一卷軟片。」

白克勞繼續笑著道：「你的意思是，它的內容是什麼？那是我業務上的一個小秘密，現在，這卷東西已沒有用處了！」

他一面說，一面將那卷軟片，放到了他身邊的小几上的煙灰缸中，接著，他就用手中的雪茄，向那卷軟片按了下去。

軟片發出「滋滋」的聲響，蜷屈了，接著，便燒了起來，轉眼之間，便成了灰燼，這一切變化，前後還不到半分鐘！

而在那半分鐘之中，木蘭花和高翔直看得目瞪口呆，作聲不得！

在軟片燒成了灰燼之後，白克勞除下了黑眼鏡，向木蘭花笑了一下。

從他臉上的神情看來，他像是對事情的發展，感到十分滿意，他轉過頭去，道：「飛機準備好了沒有，什麼時候可以起飛？」

他的一個隨從，忙拿起了電話來去詢問，然後轉過頭來，道：「十分鐘之後，就可以登機了，一切都很圓滿，先生。」

白克勞微笑著，道：「一切都很圓滿！」

木蘭花也在這時站了起來，提著那隻化妝箱，向外走去。

她在經過高翔身邊的時候，向高翔使了一個眼色，她走出了貴賓室。

當木蘭花來到了貴賓室外的轉角處的時候，高翔也跟了過來。

他們兩人不約而同苦笑了一下，高翔道：「我們失敗了！」

木蘭花嘆了一聲，道：「白克勞十分鐘後就要登上飛機，我們總不能讓李諾白白死去，而一點線索也找尋不到。」

高翔將聲音壓得很低，道：「我們沒有危險了麼？」

木蘭花道：「我相信白克勞一定有什麼簡易的方法，知道我們實際上並沒有發現藏在皮包握手處的軟片，那麼他自然不會節外生枝。」

高翔道：「現在，你準備怎麼辦？」

木蘭花沉聲道：「我躲到他的飛機上去！」

高翔嚇了一跳，道：「你，你說什麼？」

木蘭花道：「高翔，你怎麼啦？什麼事情都大驚小怪起來，我要躲到他的飛機上去，繼續和他交涉，你快去安排使我可以登上飛機的辦法！」

高翔苦笑了一下，他的嘴唇動了動，他分明是還想勸木蘭花打消這個念頭的，但是他沒有說出什麼來，只是又苦笑著。

因為他太知道木蘭花的性格了！

他知木蘭花從來也不草率地決定一件事，而當她決定了一件事之後，她卻輕易也不改變，自己說什麼，也是沒有用的。

是以，他終於嘆了一聲，道：「好！」

五分鐘後，當白克勞和他的護衛、隨從人員已準備登機的時候，兩個高級警官匆匆地走進了貴賓室來。

他們直來到了白克勞的身前，道：「白克勞先生，我們才接到報告，你的專機上，可能被人放下了一枚定時炸彈！」

白克勞的雙眉揚了揚，沒有出聲。

那兩個警官又道：「所以，我們正在作全機的徹底檢查，希望在半小時之內完成，想來你不會介意遲半小時啟程的？」

白克勞發出了一陣不滿的「咕咕」聲來，但是他還是只好答應，他道：「那麼，盡量快些，我的每一站航程，都是計劃好的！」

市政府的那位官員忙向白克勞道歉。

而就在那時候，一隊警員，包括四名女警，已然登上了白克勞的包機，那四個女警之中，一個就是木蘭花。

木蘭花在上了機之後，立時進了空中侍應生的休息室，換過了警員的制服，且躲在休息室中，不再走出來。

二十分鐘之後，登上飛機的警員聲稱檢查完畢，並無發現，而離開了飛機，自然，不會有甚麼人注意到，登機的時候有四名女警，而撤退的時候卻少了一名。

接著，一輛專車載著白克勞和他的隨從人員來到了專機之旁，有更多市政府的要人趕到機場來相送，場面十分熱鬧。

白克勞等一行人上了飛機，機門關上，梯子撤走，飛機的噴射引擎立時響起了怒吼聲，機身緩緩轉動，向前滑了出去。

不到一分鐘，噴射引擎的聲音更加驚人，機身在跑道上的滑行速度更快，轉眼之間，便迎風漸漸地離開了地面。

飛機迅速地飛遠，噴出的濃煙也漸漸消散，但是高翔卻仍然抬頭，看著天上，他的雙手握著拳，手心在冒著汗。

木蘭花在飛機上！

木蘭花在飛機上，會有些什麼遭遇，他全然不知道。

而且，就算他知道的話，他也全然無能為力！那樣的情形，實在使他的心中極度不安，他可以說，從來也未曾感到如此不安過！

飛機早已飛得蹤影不見了，他才轉過身來。

他的身子有點僵硬，他回到了貴賓室中，直來到了那隻煙灰盅之前。

軟片燒成的灰燼，和雪茄煙灰混在一起，高翔小心地將所有的灰燼，全傾在一張白紙上，然後又將白紙摺了起來，交給了身邊的一個警官，道：「交到化驗室去，不論有什麼發現，都留著，等我回來，向我報告。」

那警官道：「高主任，你要到那裏去？」

高翔有點粗暴地吼道：「別來煩我，我也不知道！」

那警官從來也未曾見過高翔用那樣的態度對待過下屬，他呆了一呆，立時知道一定有什麼嚴重之極的事發生了，所以，他也不出聲，只是道：「是！」

高翔走到電話旁，他立時接通了方局長辦公室的電話，他用最簡單的言詞，將發生的事情向方局長報告了一遍。

方局長駭然道：「那麼，照你的估計，在飛機上可能發生什麼事？」

「我也不知道，方局長，請你和軍方聯絡，我要一架噴射機，當我弄清了白克勞那一站的降落地點時，我想可以趕在他的前面！」

方局長道：「這個可以的，白克勞會在何處降落？」

高翔道：「你等一等！」

他轉過頭來，問身邊的一個警官道：「快到機場的控制室去問一下，白克勞的專機，在離開本市之後，會降落在什麼地方？」

那警官跑步離開了貴賓室，高翔並沒有放下電話，他在電話中聽到方局長已在另一具電話中，和空軍的負責人在聯絡了。

那警官在幾分鐘之後就回來，道：「高主任，白克勞的專機會降落在印度的新德里機場，他和印度官員已經約好了的。」

高翔忙對著電話道：「是印度的新德里，方局長，請以國際警方的名義，通知印度方面，我會駕機在新德里機場降落。」

「好的，」方局長回答，「我已替你聯絡好了，你直接到空軍機場去，有一架飛機，隨時可以供你起飛，你想可以比他們早到？」

「如果沒有意外的話！」高翔放下了電話。

在他放下了電話之後，他的額上不由自主地在冒著汗，但是他必須爭取每一秒鐘的時間，他甚至連抹汗的時間也沒有！

他奔出了貴賓室，上了一輛警車，直駛向空軍機場，當他到達空軍機場的時候，他看了看時間，已經是十時零五分了！

兩個空軍軍官駕著車迎了上來，高翔過去已好幾次借用過空軍的噴射戰鬥機，是以那兩個軍官都是認識他的。

他們一見了高翔，便拍著他的肩頭，道：「又有什麼重要任務了？看來，你使用飛機的時間，比我們還要多得多！」

高翔道：「別開玩笑了，飛機在哪裏？」

那兩個軍官道：「上車吧！」

高翔跳上了車，直駛到了一架噴射戰鬥機之旁，這種噴射戰鬥機有著極高的速度，絕不是普通人所能夠隨便駕駛的，但是高翔超卓的駕駛術，卻是連空軍司令官也對他稱讚過的。

在飛機之旁，已有許多空軍人員在準備著了，一個軍官將飛行衣遞給了高翔，高翔迅速地穿上，登上了飛機，關上艙蓋，他看到在機旁的人員在迅速地後退，他根據信號，發動了引擎。

機身震動著，指揮官的聲音在高翔的耳機響起，高翔操縱著機件，飛機向前衝去，迅速無比地進了半空，立即進了雲層。

飛機在到達了一定的高度之後，以接近音速的高速，平穩地飛著，這時，高翔的心中所想的，只是一件事：

木蘭花怎麼樣了？

白克勞的專機起飛之後不久，木蘭花就從侍應生的休息室中走了出來。白克勞和他的隨行人員，都坐在原來飛機的頭等艙位之中。

所以，木蘭花才走出來時，一個人也看不到。

木蘭花緩緩地吸了一口氣，又慢慢地向前走去，當她出現在頭等艙位時，幾個隨從人員都不由自主發出了呼喝聲來。

坐在兩個並排位置上的白克勞和蒙蒂兩人，一聽到呼喝聲，也立時轉過頭來，當他們看到木蘭花時，都現出驚怒交集的神色來。

白克勞幾乎在怒吼著，他叫道：「小姐，我認為我們之間的交易已經完成了，你不去享受那些鈔票，又混上機來，是什麼意思？」

幾個隨從人員已紛紛站起，作勢欲撲。

木蘭花卻鎮定地笑著，她揚了揚手，道：「別動，飛機上是不適宜打架的，白克勞先生，我認為我們的交易並沒有完！」

白克勞怒道：「你已收了我的錢！」

「你的錢！」木蘭花立時道：「我已帶上飛機來了，你可以得回它們！」

「那你要什麼？」白克勞再度怒吼。

木蘭花又向前走出了兩步，她已經離得白克勞十分近了，她盯視著白克勞，道：「先生，我想知道李諾致死的原因！」

「那關我什麼事？」

「李諾是你的屬員，白克勞先生，」木蘭花冷靜地說著，「他忽然將一點東西交給了我，你又對得回那些東西有著如此濃厚的興趣，而且，李諾又死得不明不白，白克勞先生，你能說事情是和你完全沒有關係的麼？你能完全否認麼？」

白克勞摘下了黑眼鏡，在他灰白色的，猶如石粒的眼珠中，充滿了怒意，他「哼」地一聲道：「替我將這個女無賴趕出去！」

兩個大漢立時逼近木蘭花。

木蘭花冷笑著道：「現在，我們在兩萬尺的高空，你要將我趕出飛機去？莫非在李諾被殺後，還要再來一次謀殺麼？」

白勞克瞇起了眼睛，道：「你在指控我什麼，小姐？」

木蘭花並沒有再說下去，她不能明白說白克勞謀殺了李諾，因為雖然她明確地知道，李諾事實上是白克勞所謀殺的，但是她卻沒有證據。

而如果這時，她直指是白克勞殺死李諾的話，她就構成口頭上的誹謗，白克勞反倒可以控告她的。

木蘭花只是冷笑著，道：「白克勞先生，你自己心中明白！」

白克勞突然大笑了起來，他所發出的笑聲中，是一點感情也沒有的，以致聽來像是什麼機器所發出的聲響，而不是一個人所發出的笑聲。

他笑了好一會，才道：「是的，我心中明白，我明白你在我這裏，什麼也得不到，小姐，我們的下一站是新德里，你得開始打算一下了！」

木蘭花吸了一口氣，她道：「我不必打算什麼，倒是你，要好好打算一下，你以為本市警方會那麼輕易放過你，那就錯了！」

木蘭花實在不想作那種毫無作用的虛詞恫嚇的，但是這時，面對著老奸巨猾的白克勞，卻令得她束手無策，別無他法！

白克勞又「嘎嘎」地笑著，道：「你還是休息一會吧，小姐，對你來說，這一定是你一生之中最不愉快的旅程了！」

他講到這裏，忽然又大聲笑著。

這一次，他像是真的笑得十分開心，他道：「我研究過有關你的全部資料，那些資料，顯然將你渲染得太過分了，你竟連放在皮包握手處的軟片也未曾發現，你眼看我當面焚燒軟片，滋味不怎麼好吧！」

木蘭花挑戰地道：「你怎知我沒有發現？」

白克勞笑著，道：「我當然知道，那地方，有著數字鍵盤，記錄曾被開啟過的次數，上次打開時，數字記錄著三十九，這一次，你猜是多少？」

木蘭花的心中，不禁苦笑了一下，她可以說是徹底失敗了，但是，她的神色仍然十分鎮定，她道：「你對李諾的東西，倒熟悉得很。」

「你可犯了一個錯誤，小姐！」白克勞的雙手放在大肚子上，高興地笑著，「那皮包根本不是李諾的東西，是我的！」

木蘭花真的呆住了，那是她再也未曾想到的事！

李諾交來的皮包，竟會不是李諾的東西，而是白克勞的，這其中，究竟有著什麼曲折呢？

木蘭花緩緩吸了一口氣，道：「你的？」

「當然是，李諾偷了去！」

「所以，李諾便惹來了殺身之禍？」木蘭花想引起白克勞談話的興趣，從而將事實的真相自他的口中一點一點套出來。

可是白克勞卻十分乖覺，他並不回答木蘭花的話，只是閉上了眼睛，養起神來，那令得木蘭花變得處境極其尷尬！

四個大漢始終站在木蘭花的四周圍，木蘭花坐了下來，在迅速地轉著念，她應該怎麼辦，應該如何來對付白克勞。

如果她想不出方法來對付白克勞的話，那麼，唯一的結果便是，當飛機降落在新德里之後，她會被趕下飛機，再遭到一次失敗！

可是，木蘭花卻仍然想不出辦法來。

就在這時候，飛機的機身突然發出了一陣猛烈的震盪。

這一震盪，十分劇烈，甚至使人從座位中跌了出來。

剎那之間，人人的臉上都變了色！

在剎那間，雖然人人都不出聲，但是在每一個人的臉上，都可以看出他們的心中有一個問題：發生了什麼意外？

飛機仍然在飛著，但顯然不平穩，而且，正在迅速地降低，白克勞的臉色發白，他首先叫了起來，道：「發生了什麼事？」

副駕駛也在這時從駕駛艙中走了出來。

副駕駛是一個身形很高大的歐洲人，他在一出現之後，每一個人的眼光，都集中在他的身上。這時，飛機仍然在迅速地下降著。

由於下降得十分迅速，是以使得人體內的血液循環不平衡，造成了一種極其驚恐的感覺，每一個人的臉色，都顯得異常蒼白。

副駕駛員先清了清喉嚨，他的聲音，也有點發顫。他道：「各位，請立即穿上救生衣。」

白克勞的聲音，在那時聽來，變得異常的尖銳，竟像是女人的聲音一樣，他尖聲叫道：「發生了什麼事，飛機發生了什麼事？」

副駕駛員道：「機件有一些故障，正在努力克服中！」

木蘭花站了起來，道：「什麼故障，我可以幫忙麼？」

在那時候，飛機又倏然地震動了一下，有兩個人，甚至從座位中跌了出來，木蘭花也要扶住了椅背，才能夠站得穩。

那位副駕駛向木蘭花望了一眼，隨即苦笑道：「小姐，你還是快穿上救生衣吧，我們正在大洋之上，飛機隨時可能跌進海中去！」

這句話出自副駕駛之口，所有的人都嚇呆了。

一個空中女侍應生尖聲叫了起來，副駕駛沉聲向那女侍應生道：「你快將機門的活栓打開，以便我們跌進海中的時候，不致被困在機艙之中！」

白克勞站了起來，他肥胖的身子搖晃著，衝向那副駕駛，當他來到了那副駕駛身前時，他伸手抓住了副駕駛的衣服。

他大聲叫道：「不要降落在海上，把我帶到目的地去，你這畜牲，別想將我拋在海中，我是世界上著名的大富翁，我給你錢，我要安全！」

7 錢買不到的東西

白克勞的一生之中，大概是第一次嘗到世界上也有他出錢買不到的東西。

那副駕駛現出十分厭惡的神情來，用力推了一推。

那一推，不但將白克勞的雙手推開，而且，令得他坐倒在座位間的走廊中，接著，副駕駛便喝道：「我沒有說我們會降落在海面上，我是說，我們會跌進海中，白克勞先生！」

副駕駛話一說完，便疾轉過身去，走進駕駛艙中。

木蘭花也在這時走出來，她越過了還坐在走廊上發呆的白克勞，向前走去，當她來到駕駛艙門口的時候，飛機再震動了一下。

是以，木蘭花幾乎是跌進駕駛艙去的。

她才一走進駕駛艙，就看到駕駛員額上的汗，正在不斷地向下淌著，副駕駛則在焦急地注意著儀表板上幾十個儀器。

木蘭花緩緩地吸了一口氣，道：「我可以幫忙麼？我是木蘭花，對飛機駕駛有一定的經驗！」

副駕駛向她望了一眼，才指著幾個儀表，道：「看！」

木蘭花忙向副駕駛指的儀表看去，只見其中有兩個指針一動也不動，而有一個儀表的指針，正在向反時鐘方向移動著。

那個在移動著的儀表，木蘭花一看就看出，那是飛行高度的記錄儀表，也就是說，現在飛機飛行的高度，正在不斷減低！

這一點，根本不必靠儀表的指示，是每一個在飛機上的人，都可以覺得出來的。而另外兩個停止不動的儀表，木蘭花也看得出，那是控制飛機升高設備的。

木蘭花立時知道毛病出在什麼地方了！

她吸了一口氣，道：「高度控制出了毛病？」

正駕駛和副駕駛都苦笑了起來，正駕駛員道：「是的，飛機正在不斷降低，我已盡量在減慢降低的速度了，但還是沒有用。」

副駕駛又補充道：「我們已動用了緊急的輔助系統，但一樣無補於事。」

木蘭花忙道：「那就該快和最近的陸地聯絡，我可以利用飛機的滑翔性能，盡可能使飛機安全降落在最近的機場上！」

正駕駛的笑容苦澀得難以形容，他道：「我也可以做到這一點，小姐，但是離我們最近的機場是在三百七十哩之外，而現在，飛機每分鐘下降的速度，是一千尺，我們飛不到了！」

木蘭花又迅速地向高度表望了一眼，高度表上的指針，指著一萬兩千尺，而且在向下移動，每一秒鐘，飛機都在降低！

木蘭花又吸了一口氣，道：「如果是那樣的話，那麼，飛機在海面上，比在陸地上降落還安全得多，我們還可以有十分鐘的時間！」

木蘭花這句話一講完，便立時轉過身去。

等到她轉過身去之後，她才發現，幾乎每一個人都已聚集在駕駛艙口，連白克勞也在其中！

這時候，白克勞仍然一樣肥胖，但是，在他滿是肥肉的面上，那種不可一世的神情卻已消失了，他面上的肥肉在發著抖！

這些人既然都聚集在駕駛艙口，那麼，木蘭花和兩位駕駛員所說的話，他們自然是聽到了，木蘭花可以不必再重複一遍。

是以，木蘭花立時喝道：「你們還站著幹什麼？我們只有十分鐘的時間可以利用了，還不去穿救生衣，快點去，去！」

木蘭花用力推開了最接近駕駛艙的一個人，各人又慌慌張張向後退了開去，白克勞握住木蘭花的手臂，道：「你……可以令我們脫險？」

在那樣的情形下，木蘭花的駕駛技術再高超，也決不可能有把握使得飛機脫險的，她略呆了一呆，才道：「祈求上蒼的保佑吧！」

眾人退了開去，迅速地穿上救生衣，木蘭花也取了一件救生衣來套上。她退到了救生艙口道：「現在我們唯一的希望，是飛機在和海面接觸的時候，不引起爆炸，飛機可能在海面上停一分鐘左右才沉下去，一分鐘的時間，只要沒有人爭先恐後，我們人數並不多，每一個人都可以從機艙中跳出去！」

在如今那樣的情形下，木蘭花鎮定的神態，和她鎮定的聲音，使她自然而然成了所有人的首領，是以每個人都點著頭。

木蘭花轉過身去，向副駕駛道：「求救電訊發出去了沒有？」

副駕駛點頭道：「發出去了！」

木蘭花道：「我們可能的降落地點，應該可以算得出來，快向所有可以接到我們電訊的地方，要求援救，快去發訊！」

副駕駛連忙在座位上坐了下來。

木蘭花來到了駕駛員的身邊，道：「你去穿救生衣，從現在起，飛機交給我了，我相信你的駕駛經驗在我之上，但是看來你未必夠我鎮定。」

駕駛員抬起頭向木蘭花望了一眼，遲疑了幾秒鐘。

在那幾秒鐘之間，他顯然不能不承認木蘭花所說的是事實，是以他並沒有再說什麼，就站了起來，讓木蘭花坐在駕駛位上。

木蘭花一坐下，先向高度指示表看了一眼。

高度是六千尺，那也就是說，他們還可以在空中逗留六分鐘！

木蘭花又迅速地檢查一下儀器，一切都還正常，就是飛機的升高系統失靈，她將機頭盡量拉平，將速度減到最低的限度。

她熄滅了飛機四個引擎中的兩個，只用兩個來飛行，那樣，使得飛機的飛行變得極不平穩，機身震盪不已，但是飛行的速度卻已顯著地減低了，這對於在海面上降落是有利的。

副駕駛也站了起來，道：「已和一艘美國兵艦聯絡上了，他們答應派出六架直升機，立時到我們可能降落的地點去接應。」

木蘭花又道：「再請他們代我們呼喚我們可能降落地點的船隻，給我們以必要的接應，你快去穿救生衣，我們的時間已不多了！」

已穿好了救生衣的駕駛員的聲音十分激動，他在木蘭花的身後，道：「小姐，你準備使機尾先碰到海水，還是機首先碰到海水？」

木蘭花道：「我準備平降，使機腹先碰到海水，然後，再令機首浸入海水中，只有這一個辦法，比較起來，才能使飛機在跌進海中時，減少斷折爆炸的危險！」

駕駛員叫了起來，道：「可是這樣的辦法，你自己出機艙的機會，幾乎等於零！」

「幾乎等於零，不是沒有。」木蘭花的回答，仍然極其鎮定，「我自己會設法的，你應該盡可能地去照顧機上的乘客！」

駕駛員道：「你難道不是機上的乘客麼？」

木蘭花笑了一下，道：「我可以說不是，因為我是偷上飛機來的，高主任不是和你們事先商量過的麼，怎麼你倒忘了！」

駕駛員望著木蘭花的背影，他的雙手緊緊地握著拳，一句話也說不出來，然後，他轉過身去，叫所有的人集中在機艙門口。

一切都準備好了，只等飛機跌落在海面上。

駕駛員自然知道木蘭花的計劃是怎樣的。木蘭花的計劃是，使飛機盡量輕巧落在海面上，只要機腹和海面接觸時不致於破裂，那麼，她的計劃就可以行得通了！

因為機腹不破裂，大量的海水暫時就不會湧入，而木蘭花接著使機首沉入海水中，機尾部分翹起，整架飛機可能在半分鐘內沉入海水中，這半分鐘，就是他們的逃命時間，而木蘭花因為在駕駛艙中，所以她逃命的機會最微！

木蘭花在駕駛座位上，她的雙手也不禁在冒著汗，她不斷地望著高度表，只有兩千五百尺了，在兩分鐘之後，就可以決定一切了！

木蘭花就在那一剎那，熄掉了所有的引擎。

飛機仍在向前飛行著，但是那卻是慣性的向前和滑翔的作用，木蘭花又放下了飛機的著陸輪，盡量使飛機保持飛行。

飛機的著陸輪，當然不能使飛機在海上降落。但木蘭花那樣做，卻不是完全沒有作用的，飛機在越來越接近海面的時候，必然是放下的機輪先沉入海水之中。

那樣，雙輪就可以先起緩衝作用，減弱機腹和海水接觸時的力道，同時，雙輪先插入海中，也可以破壞平靜的海面的表面強力，使飛機的機腹，不致因為海水的表面強力而反彈起來。

海面的確平靜之極，平靜得幾乎一點波濤也沒有，就像是一大幅一望無際的固體一樣，飛機的高度，已只有七百尺了！

七百尺，六百尺，五百尺，四百尺……

那真是驚心動魄之極的幾十秒鐘，木蘭花的手緊緊地握著操縱桿，她已屏住了氣息，突然之間，機身猛烈地跳動了起來！

那是猛烈之極的震盪，木蘭花知道，那是由於飛機的雙輪已碰到了海面的結果。而緊接著，木蘭花已看到，飛機的雙輪在浪花四濺中飛了起來。

雙輪的支軸斷折了！

由此來看，也可以看出那是何等猛烈的衝擊！

緊接著，木蘭花便什麼都看不到了！

濺起的浪花，已經將整個機身包沒！

木蘭花知道，最要緊的時刻來了，她必須把握最好的時機，將機首沉向下，她不能在現在就那樣做，因為現在飛機還在向前衝著。

她如果現在使機首向下，那麼飛機的衝力，就會將飛機直衝到了海底。

她也不能太遲，太遲了，機腹會經不起海水的衝擊而破裂。

木蘭花不但屏住了氣息，在那一剎間，在她的感覺上而言，幾乎是連心臟也停止了跳動的，她反正什麼也看不見，是以索性閉上了眼睛。

她只覺得汗水自她身上的每一個毛孔中送出來，她的心中在默數著，然後，在機身又猛烈地震動了一下時，她拉上了操縱桿。

她已無法預計那樣做會有什麼後果了，而她，只能那樣做！

高翔的飛機，降落在新德里的機場上。

他知道自己到得比白克勞的專機早，是以他在降落時，倒是很從容的，他下了機，立時有兩個當地高級警務人員迎了上來。

高翔和他們握手，其中一個警官道：「高先生，我們自然會盡量給你協助，但是白克勞先生此來，對我國的經濟，有很大的幫助……」

高翔不等他講完，就明白了他的意思，道：「請放心，我不會使你們為難的，我會以私人的身分，和白克勞解決這件事！」

那兩個警官喜道：「那最好了！」

高翔的手還托著他飛行時所戴的帽子，他向機場大廈走去，道：「我到飛行控制室去詢問一下，專機何時才能到達。」

那兩個警官道：「我們陪你去！」

他們三個人一起走進機場大廈，才一進去，他們就看到很多官員在等著迎接、歡迎白克勞先生，可是每一個人的臉上，都現出很不安的神情來，高翔的心中不禁感到奇怪，他心忖，這種不安不是自己帶來的吧。

在他身邊的兩個警官，這時正和一個中年人在低聲交談。

那兩個警官立時轉回頭來，道：「高先生，有意外了！」

高翔呆了一呆，道：「白克勞的專機？」

那兩個警官道：「是！」

高翔的心頭立時怦怦地跳了起來，道：「什麼麻煩，飛機上發生了什麼意外？」

「是機件的故障，他們必須落在海面上！」

高翔在那一剎間，整個人都呆住了！

飛機必須落在海面上！而木蘭花在飛機之中！

高翔在不由自主喘著氣，道：「詳細的情形怎樣，控制室接到的報告怎樣，快告訴我！」

那兩個警官道：「現在我們也不知道詳細的情形！」

高翔叫道：「快帶我到控制室去！」

那兩個警官立時向前走去，高翔跟在他們的後面，當他們來到了控制室中的時候，控制室已擠滿了人，一張大桌子上攤著地圖。

一個飛行控制官指著地圖上的海洋部分，向圍在他身邊的高級官員解釋白克勞專機現在的情形。

他道：「根據飛機在一分鐘前發出的通訊，現在，飛機應該跌在這個位置的附近，飛機現在並不是由駕駛員控制，而是由一個叫木蘭花的女子在控制！」

一個顯然是高級官員的人問：「那個木蘭花，她是什麼人？」

其餘的人，也都現出驚訝的神色來，因為那簡直是不可想像的，在飛機的機件發生故障，出現如此危急的情形時，駕駛員竟放棄了他的職責，離開崗位，而將飛機交給另一個人控制！

高翔就在這時，推開了在他身前的兩個人，大聲道：「她是我的妻子！」

那高級官員抬起頭來，愕然望著高翔，道：「你又是什麼人？」

高翔道：「現在不是考究我身分的時候，我知道我的妻子在那架飛機之上，我也知道她有最好的本事，可以使一切危險變成過去！」

控制室中靜了下來。因為高翔的心頭雖然跳得極其激烈，但是他發出的聲音，卻是堅定、充滿了自信心，使別人不會懷疑他的話的真實性。

高翔略頓了一頓，又道：「現在，我要知道，有多少救援部隊已開到失事地點去了，我們準備採取什麼行動，何時行動！」

飛行控制官又指著另一個地點，那地點距他剛才所指的那個地方，只有一吋。但是地圖上的一吋，可能就是實際上一百哩。

那控制官道：「我們也接到一艘美國軍艦的報告，這艘軍艦在這個位置，他們是接到了專機的求救呼叫之後，才和我們聯絡的，有六架直升機已經飛往出事的地點去援救了！」

高翔低頭看著地圖，他所在的新德里，離飛機失事的地點實在太遠了，他吸了一口氣，他除了守在這個控制室之外，沒有別的辦法。

在這裏，他還可以立時獲得飛機失事的最新消息！

在控制室中，所有人都靜了下來之後，每一個人都可以聽到電訊員的聲音。

電訊員正在和那艘美國軍艦聯絡，他在道：「蚱蜢號注意，蚱蜢號注意，這裏是新德里機場飛行控制室，失事飛機可有進一步消息？」

接著，便是一個帶有沉重美國南部口音的聲音，道：「還沒有進一步的消息，我們的直升機已經出發，飛往出事地點了！」

高翔忙走了過去，大聲道：「海面上的情形怎樣？」

他得到的回答是：「很好，海面上風平浪靜，天氣良好，能見度無限，救助工作沒有困難，只要他們還生存著的話！」

高翔後退了一步，他的臉色變得十分蒼白。

他喃喃道：「只要他們還活著的話。」

他們活著麼？

專機上的所有人怎麼樣了？

當木蘭花感覺飛機已在海面上停了下來之際，她倏地睜開眼來，她所看到的，只是冒著白沫，像是沸騰一樣的海水。

木蘭花的反應極快，她連半秒鐘也不耽擱，立時站了起來，她無法站得穩，因為整架飛機傾斜，傾斜的角度超過四十五度！

她盡量向前彎著身子，迅速地向前走著。

海水還未曾湧進機艙來，她還有逃生的機會。

她在不到幾秒鐘之內，便出了駕駛艙，她也立時看到了機艙中的情形，機尾向上翹著，海水已經浸過了機翼，還在迅速浸上來。

在那樣危急的情形之下，有那樣的降落成績，那簡直可以說是完美的了！

木蘭花出現的時候，副駕駛正由機門處跳出去，正駕駛正準備跳出門外。他已經是最後一個人了，當正駕駛看到了木蘭花時，他叫了起來，道：「快來！」

木蘭花迅速向前移動著，手足兼用，一面她還叫道：「你別管我！」

那駕駛員卻站在艙門口，不肯向外跳去。

整個機翼都已浸在海水中了！

飛機的下沉速度之快，簡直是難以想像的，海水離艙門只有四五尺了，如果海水一湧進來，木蘭花便要被困在機艙中了！

木蘭花急速地喘著氣，她將她體內每一分力量都逼了出來，她不是在向前走，而是在向上爬著，因為這時，機身更加傾斜。

那駕駛員在機艙口，面色青得可怕。

木蘭花是在和海水競賽，她越來越接近艙門口，而海水也越來越接近，木蘭花還聽得海面上，也響起了一陣叫喊聲來。

那駕駛員一手抓住了門沿，一手盡量地向下伸來。

木蘭花的手向上伸著，終於，木蘭花握住了駕駛員的手，那駕駛員用力向上拉著，他們兩人一起跌出了機艙門口之外！

那時，海水離機艙門口，只有一尺了！

他們兩人一進了水中，也來不及拉開救生衣，便迅速地向前游著，等到他們游出了十來碼，再回過頭來看時，只看到機尾在海水上露了一露，就看不見了。

一大串汽泡浮上了海面，海面上起了一個極大的漩渦，令得浮在海面上的人，不由自主團團地轉著，木蘭花和駕駛員都拉動了救生衣的氣栓。

救生衣迅速地充滿了氣，將他們浮了起來。

木蘭花深深地吸了一口氣，又緩緩呼了出來。

她成功了，飛機雖然已沉到了海底，但是飛機上所有的人，都浮在海面上，他們十幾個人，相距最遠的，也不超過五十碼。

海面平靜得十分可愛，他們浸在那樣平靜的海面上，倒不像是才遇了險，而像是有一群人正在渡假，在進行海泳一樣。

木蘭花略游了兩下，正、副駕駛已一起游到了她的身邊，兩個駕駛員的神情都極其激動，他們異口同聲道：「小姐，你真了不起！」

木蘭花只是微微笑了一下，道：「我們還未獲救，這裏可能是鯊魚出沒的所在，我的意見是，他們應該聚在一起才對。」

副駕駛忙道：「是！」

他立時大聲叫道：「每一個人都向這裏集中，向這裏游過來，我們要有較大的目標，才能夠使救援者容易發現我們！」

駕駛員也高叫著，道：「快過來！」

蒙蒂的金髮散在海水上，看來更加奪目。

白克勞肥胖的身子，像是被緊箍在救生衣中一樣，在那樣的情形之下，倒有一個好處，那就是每一個人都是平等的，白克勞和他的保鏢沒有什麼兩樣，而且，白克勞還不如他的保鏢！

因為白克勞的保鏢，身體強壯，正迅速地向前游來，而白克勞卻像一隻拔光了毛的鴨子一樣，只是在無助地拍著水。

十分鐘後，所有的人總算都聚在一起了，白克勞划到了木蘭花的旁邊，浸在海水中，使他的皮膚起了一層死人般的浮白色，

他先望著木蘭花片刻，才道：「剛才，我們聚在飛機中的時候，那兩個駕駛員認為我們脫險的機會，還不到十分之一。」

木蘭花點頭道：「我同意那樣說法。」

白克勞又呆了一呆，才道：「而且他們還說，這十分之一的機會，完全是

掌握在你的手中，要靠你的鎮定和超越的技術。」

木蘭花微微一笑，道：「或許如此。」

白克勞忽然一掌拍在水中，他大聲叫了起來，道：「什麼叫或許如此，是你救了我，救了我們全體，是你救了我們！」

浮在海面上的每一個人，都向木蘭花投以感激的眼光，但是木蘭花卻是微笑了一下，道：「現在還不能算是獲救啊！」

白克勞面上的胖肉抖動著，水珠隨著他胖肉的抖動向下灑來，他道：「我要和你好好地談一談，我有些話要對你說！」

他講到這裏，又頓了一頓，道：「我想，你一定也想和我談的，是不是？」

木蘭花道：「無論如何，現在總不是適宜的時候！」

就在這時候，一陣「軋軋」的聲音傳了過來。

而當他們抬起頭來時，他們看到六個黑點，正在迅速移近！

8 冷血人

那是蚱蜢號上六架直升機來了！

浮在海面上的人，一看到了那六架直升機，都不由自主歡呼起來，揮著手，直升機上的人，也顯然發現了他們，正直向他們飛了過來。

二十分鐘之後，六架直升機便都已降落在平靜的海面之上，從每一架直升機上，降下一具救生艇來，海軍軍官和士兵，沿著繩梯，爬上了救生艇，救生艇划到了他們的周圍，將浮在海面上的人，一個接一個拉上了救生艇，載回直升機中。

一小時之後，他們已降落在蚱蜢號兵艦的甲板上。

蚱蜢號兵艦立時將所有的人都安然脫險的消息報告出去，他們受到熱烈的歡迎，艦上的醫生照顧著他們，他們被分別安置在艦上的艙房中。

木蘭花和蒙蒂被安置在一間十分舒適的艙房中，蒙蒂似乎有意在避開著木蘭花的眼光，而她的臉上，也帶著十分慚愧的神色。

木蘭花雖然經歷了這樣可怕的一場危險，但是她的精神卻十分好，她向一位海軍軍官提出要求，要利用艦上的通訊設備。

那位軍官還在猶豫著的時候，另一個軍官已走了過來，道：「木蘭花小姐，新德里機場有一位高先生，要和你通話！」

木蘭花略為呆了一呆，她立即知道，那一定是高翔！

高翔一定是預知白克勞的專機會降落在新德里機場，所以才在那裏等她的，自然高翔一定也知道專機出事的消息了，也一定曾焦急過一場的了！

木蘭花忙隨著那位軍官來到了通訊室。

艦上的官兵都已知道了木蘭花拯救了專機上所有乘客的奇蹟，是以當他們望著木蘭花的時候，神色都十分尊敬。

木蘭花來到了通訊室中，在無線電話中，她清晰地聽到了高翔的聲音。

高翔的聲音很激動，他道：「蘭花，你真的沒有事了？」

木蘭花微笑道：「當然沒有事了，要不然，你怎麼能聽到我的聲音？」

高翔長長地吁了一口氣，道：「謝天謝地！」

木蘭花笑了起來，道：「可是我的事情還沒有完，我還要繼續和白克勞先生談談，我一定要將事情弄得水落石出，才肯停手。」

「蘭花，」高翔的聲音，略為顯得有點憂慮，「如果白克勞仍然頑固得什麼也不肯說的話，我看你還是放棄這件事算了！」

木蘭花道：「不，現在我想事情比較容易進行一些了，白克勞對我好像已不再存有敵意，因為我拯救了飛機上所有人的性命！」

高翔呆了半晌，才道：「祝你幸運！」

木蘭花道：「我們很快就可以見面的！」

他們又沉默了片刻，才放下了電話機。

木蘭花向通訊室的軍官道謝，又回到了她的艙中，她才推開艙門，就呆了一呆。

因為艙中不但有蒙蒂，而且白克勞也在！

白克勞一看到木蘭花，就推了推蒙蒂，道：「你出去一會，我有話對蘭花小姐說。」

蒙蒂低著頭，側著身，在木蘭花的身邊走過，出了船艙，並且順手將門關上。

木蘭花坐了下來，道：「你想對我說什麼？」

白克勞猶豫了一下，像是不知道該如何開口才好，過了好一會，他才道：

「蘭花小姐，我來向你正式致謝，因為你救了我！」

木蘭花直視著白克勞，冷冷地道：「如果只是為了向我道謝，為什麼要將蒙蒂小姐支出去，不許她在一旁聽你道謝？」

木蘭花的話說得十分尖銳，白克勞顯得很不安，他在椅子上，欠動了一下他肥胖的身軀，搓著手，道：「自然，我還有一件事。」

木蘭花望著白克勞，並不出聲。

白克勞有點自嘲似地笑了一下，道：「別以為因為你救了我，我才對你說這些的，事實上是……本來，我根本不屑向你作任何解釋，但是現在卻有點不同，我覺得我應該向你解釋一下才是。」

木蘭花仍然不出聲，只是直視著白克勞。

白克勞不安的神態，也在漸漸和緩，他又道：「我知道，你一定以為，殺死李諾的人是我派去的，但是你卻料錯了！」

木蘭花揚了揚眉，白克勞竟會講出那樣的話來，這也大大出乎木蘭花的意料之外。

確如白克勞所說的那樣，木蘭花一直認為李諾的死，是白克勞下的手！

這時，木蘭花冷冷地望著白克勞，道：「如果說李諾的死亡，和你完全沒有關係，那不會令人相信的！」

白克勞顯得有點憤怒，但是他立時抑制了自己的怒意，道：「我不必向你否認什麼，李諾是死在一個外國間諜的手中的！」

木蘭花立時問道：「外國間諜為什麼要殺死李諾？」

「他們想得到李諾的發明！」

白克勞講了這一句話之後，略頓了一頓，才道：「而我，只想毀滅李諾的發明，並不想殺死他！」

木蘭花也不禁覺得緊張起來，她緩緩地問出了一句話來，道：「李諾的發明是什麼？」

白克勞嘆了一口氣，道：「李諾真是天才，他的發明，在人類進步的觀點而論，堪稱是極其偉大的，他將電腦系統安置在汽車中！」

木蘭花皺起了眉道：「我不明白你的意思！」

「將電腦系統安置在車中，由電腦來操縱駕駛，一輛車子有了這樣的設備之後，將道路的資料充分地送進電腦，這輛車子就可以在電腦的控制下自動行駛，搭車的人全然不必操心，李諾將這種車子，定名為電腦自動汽車。」白克勞說著。

木蘭花緩緩地吸了一口氣，那的確偉大之極的發明！汽車已是現代人必不可少的交通工具，可是駕駛汽車，卻又是極其繁重的一種勞動，如果人類可擺脫這種繁重的勞動，自然是一大進步！

木蘭花這時也有點明白了，至少，她已知道了那宗神秘撞車事件的因果，那輛沒有人駕駛，而會駛上斜坡的汽車，正是一輛自動汽車！

她緩緩地吸了一口氣，道：「李諾的發明，不但是理論，而且已經付諸實現了，對不對？他已經造成了一輛那樣的汽車！」

白克勞點了點頭。

木蘭花提高了聲音，道：「那麼，你為什麼要毀了他那樣偉大的發明？」

白克勞笑了起來，他笑得十分得意，道：「自然是為了經濟上的原因，在我的控制之下，有許多汽車製造工廠，如果這種汽車面世，由於機器結構的不同，我那些汽車工廠就變成廢物了，那會使我的財產減少一半，甚至一半以上！」

木蘭花心頭劇烈地跳動著，她以前曾聽說過，有人發明了永遠不會損壞的電燈泡，但是卻被燈泡製造業的鉅子收買了發明權，永遠將這種燈泡的製造方法鎖在保險箱中，不拿出來。

現在，白克勞的做法，也正是如此！

而白克勞卻是世界公認的成功人物，這時，在木蘭花的眼中看來，白克勞卻只是一個冷血動物，一個冷血的人，因為他為了自己，可以置人類文明於不顧！

她呆了半晌，才道：「白克勞先生，是不是每一個成功的人，都和你一樣冷血，為了自己的利益，可以不擇手段，什麼都做得出來！」

木蘭花的話，顯然一點也刺不透白克勞鐵石般的心，他點著頭，道：「你說對了，這正是成功人物之所以成功的秘訣！」

在那剎間，木蘭花真想揚起手來，摑上白克勞兩掌！

但是她卻沒有那樣做，因為她也不得不承認，白克勞所講的是事實，這正是所有「成功者」成功的秘訣，普通人不能成功，是因為他們的血不夠冷，還有著人類的同情心的緣故！

木蘭花望著船艙的窗子，她又道：「我想知道事情的全部經過。」

白克勞道：「李諾發明了那樣的車子，並且自己動手裝配了一輛，他來見我，他竟天真到以為我會大量地製造這樣的車子！」

木蘭花苦笑道：「他的確太天真了些！」

「當他知道，我只準備花一大筆錢，將他的發明權購買下來之際，」白克勞繼續說著，「他就和我吵了起來，揚言要將他的發明賣給別人，如果這種發明落在別人的手中，對我的損害自然更大，所以，我一定要得到他的發明權！」

白克勞講到這裏，略頓了一頓，才又道：「可是他卻已帶著他新發明的全部資料，和他製造的那輛車子，來到了東方，我知道他和外國的間諜人員在接頭，所以我也趕了來，準備說服他，出更多的錢，好將他的新發明權買下來。」

「可是我不知道他和人家接頭的情形怎樣，可能他在外國間諜那裏，得到更不理想的待遇，是以他才會將那秘密交給了你們！」

白克勞緩緩吸了一口氣，道：「當我知道秘密已在你們手中時——對不起，蘭花小姐，我不得不炸毀了你們的房子。」

木蘭花苦笑了一下道：「你幾乎炸死了人！」

白克勞道：「那是不能怪我的，我派那兩人出去，告訴他們，只要炸屋子，事實上，我曾先派蒙蒂來和你接頭，你卻將蒙蒂趕走了！」

木蘭花沒有說什麼，白克勞又道：「李諾的那輛車子，是有自動爆炸設備的，因為他不想秘密白白落在別人的手中。」

木蘭花站了起來，事情的全部經過，已經很明白了，白克勞肯對她講出了那麼多事實真相來，那已經可以說是很不容易的事了！

然而現在，木蘭花卻也不能補救這件事，因為李諾已經死了，而木蘭花又曾看到白克勞在機場的候機室中，燒去了電腦自動汽車的全部資料。

白克勞可以說是成功了！他成功地阻攔了人類科學的進步！

白克勞道：「蘭花小姐，我可以補償你的損失，加倍補償！」

木蘭花突然尖聲叫了起來，道：「我不要你的補償，我鄙視你的為人，你不是正常的人，你冷酷的心，使你成為一個冷血動物！」

白克勞的面色，變得十分難看。

他站了起來，望著木蘭花。

木蘭花偏過頭去，看也不看他，他站了沒有多久，便向外走出了船艙，沒有再說什麼。

木蘭花則一直站著，直到蒙蒂走了進來，她才「哼」地一聲，坐了下來。

蒙蒂望著木蘭花，道：「你知道麼，從來也沒有人那樣罵過他！」

木蘭花道：「是嗎？希望他能永遠記得我罵他的話！」

蒙蒂又呆了半晌，才道：「我想他是不容易忘記的。」

木蘭花沒有再說什麼，只是望著艙外的大海，一小時之後，派來接他們到新德里去的水上飛機，已經在蚱蜢號附近降落了。

木蘭花是和高翔一起，仍由高翔駕著噴射機，飛回本市的。

安妮早已出了院，她住在高翔原來的住所，他們到達之後的第二天，高翔在辦公室中，就接到了一個神秘電話，道：「高主任，你想知道死在公路旁空屋中的那個人的線索麼？」

木蘭花已對高翔說過全部事情的經過，是以他一聽到了那個電話，心中便十分緊張，他立時道：「當然要，你能提供麼？」

「是的，可是我要報酬！」

高翔緩緩地道：「多少？」

那人笑著，道：「五萬元無論如何是值得的，因為你們可以藉我提供的消息，破獲一個集團，這個集團曾犯下不少案子！」

高翔道：「你是誰？」

那個人遲疑了一下，道：「你可以說我是這個集團的一分子，但是我和他們鬧翻了，我需要錢來遠走高飛，五萬元不算多吧！」

高翔笑道：「的確不算多，但是我個人卻無法作出任何許諾，我只可以答應你，如果根據你的線索破了案之後，你可以根據破獲案件的性質而得到獎金。」

那個人又呆了片刻，之後才道：「那太不切實際了。」

高翔沉聲道：「你想想，你是一個叛變分子，你以為你的集團不會覺察，現在你和警方合作，由警方保護你，應該是最妥當的辦法！」

高翔並不是在恐嚇那個人，但是高翔的話，卻顯然使那人感到了驚恐，他的聲音，甚至有點發顫，他道：「那麼，我怎麼辦？」

「最直接的方法，是到我的辦公室來見我！」

「不行，不行，我還未曾跨進警局的門，就會被他們殺掉了！」

「那麼，我來見你？」高翔提議著。

「也不好，」那人猶疑地說道，「你是警方人員。」

高翔立即想到了第三個辦法，道：「那麼就這樣，你知道木蘭花？你在什麼地方等，我通知她立即來見你，總可以了吧！」

那人聽到了木蘭花的名字，像是立時安心了許多，他連聲道：「好的，木蘭花，好的，我是在天泉餐廳打電話的，我穿著一件淺藍色的上衣。」

「行了，你等著，切勿離開！」高翔放下了電話。

他一秒鐘也不停，立即打電話通知了木蘭花，十分鐘後，木蘭花的車子，就駛到天泉餐室旁邊的一條橫街上停了下來。

木蘭花走下車，才走出了那條橫街，就看到三個男人自天泉餐室中走了出來，在兩旁的兩個人，都穿著深色的西裝，兩人當中的那個，則穿著淺藍色的上衣。

在本市，穿淺藍色上衣的男人，可能有一萬個，可是木蘭花一看到那三個人走出來的情形，便陡地呆了一呆，立時靠牆而立。

因為那三個人走出來的樣子，十分特別，三個人緊緊地靠著，在兩邊的兩個人，用手背纏住了在中間那個穿淺藍色上衣的人。

看來，像是他們三個人十分親密，但是在木蘭花這種有經驗的人看了，卻一想便知，那是兩個人正挾持著中間的那個人！

而且，當他們三個人一自餐室中走出來之後，中間那個穿著淺藍色上衣的人，面色蒼白，眼中流露著十分驚怖的神色，四面張望著。

木蘭花立時知道發生了什麼事，也就是，她不必再到天泉餐室中去了！

天泉餐室是專供情侶享受的一間餐室，在一條十分僻靜的街道上，這時，街上一個人也沒有，那三個人出來之後，便直向對面馬路走去。

木蘭花也看到，在對面馬路，有一輛黑色的房車停著。

木蘭花知道，必須在那兩人將這個穿淺藍色衫的人帶走之前，截住他們，否則，她就再也得不到任何線索了！

她立時向前走去，迅速地接近了那三個人。

當她來到了三個人的身後只有一步時，她突然叫道：「先生，你掉了東西了！」

在左面的那個人轉過頭來，可是，他一定什麼也未曾看到，因為就在od2轉過頭來的一剎間，木蘭花的手掌已經砍在他的臉上！

木蘭花在「空手道」上有極高的造詣，而那一下，又是攻勢極其凌厲的手刀，木蘭花清楚地可以聽到那人鼻骨的斷折之聲！

鮮血自那人的鼻孔中湧了出來，噴了他一臉，他的手也不由自主鬆了開來，而木蘭花的膝蓋也已抬起，撞在那人的腹際！

這一切，只不過是在兩秒鐘內所發生的事，那穿淺藍色上衣的人，趁機猛力一掙，立刻一拳擊向他右面的那人，擊得那人向後直倒了下去，撞跌在馬路上。

木蘭花忙拉住了那穿淺藍色上衣的人，道：「快跟我來，我是木蘭花！」

他們迅速地奔回橫街，進了車子。

就在那時候，那兩個人帶傷爬了起來，槍聲連聲響起，但是木蘭花的車子已向後疾退了出去，一退出橫街，立時向後疾駛而去。

木蘭花才駛出了一條街，便聽到了警車的「嗚嗚」聲，那顯然是槍聲驚動了巡邏的警車。

那人鬆了一口氣，道：「多謝你救我，如果我落在他們的手中，那我一定沒有命了！」

木蘭花微笑著，道：「現在，你應該認為，到警局去，對你來說，是再安全不過的了！」

那人抹著汗連聲道：「你說得是，說得是！」

木蘭花穩定駕著車，駛向警局。

十五分鐘後，她已和那人一起走進了高翔的辦公室，道：「能提供我們線索的朋友來了。」

那人仍然在抹著汗，他的神情，看來十分緊張，直到看到高翔對他一點也沒有惡意時，他才鬆弛了下來，道：「我叫蔡傑。」

高翔道：「蔡先生，你提供的是什麼消息？」

「一個集團，」蔡傑回答著，「這個集團專門接受犯罪性的委託，什麼犯罪的事都可以代做，只要委託者可以出相當的代價！」

高翔「唔」地一聲道：「他們的首腦是誰？」

蔡傑道：「是一個綽號叫鱷魚的男子！」

高翔和木蘭花互望了一眼，高翔已按下了對講機，道：「吩咐行動組立時準備出發，有重要的案子待辦，對方是漏網已久的犯罪分子，綽號叫鱷魚的孫永泰！」

蔡傑顯出十分驚訝的神色來，道：「高主任，原來你對鱷魚的來龍去脈知道得很詳細，那麼，不用我再來囉嗦了！」

這時，對講機中已傳來了聲音，道：「行動組報告，我們隨時可以出發！」

高翔立時望向蔡傑，道：「他們的巢穴在什麼地方？」

「在雷聲電影院的地下室。」蔡傑說。

高翔立即命令道：「目的地，雷聲電影院的地下室，對方是累犯，可能會發生槍戰，作好一切準備，立即全體出動！」

對講機傳來了響亮的答應聲，高翔鬆回手來。

蔡傑又道：「這個集團最近接受了一宗委託，是一個外國間諜機構委託的，要我們和一個叫李諾的人接頭，向他購買一些東西。」

蔡傑講到這裏，向高翔和木蘭花望了一眼。

高翔和木蘭花忙道：「說下去！」

蔡傑道：「我是被派去和李諾接頭的兩個人中的一個，李諾開出的價錢十分驚人，而且還附有條件，他好像有了一個什麼新的發明，還一定要購買的對方，將他的新發明由理想而變為事實，最後，當他知道我們只不過是受委託的代表時——」

蔡傑講到這裏，吸了口氣，才又道：「他忽然又反口了，說是一定要和那個機構直接接頭，鱷魚就下令殺死他！」

木蘭花和高翔互望了一眼，他們一直以為，李諾的死，是白克勞派人下手的，因為白克勞是那麼渴望得到李諾的秘密！

就算在「蚱蜢號」上，白克勞自認他沒有殺死李諾，木蘭花還是不十分相信，直到此時聽了蔡傑的話，才真的無可懷疑了！

而白克勞也沒有估中全部事實的真相，白克勞以為，李諾到本市來，是來和外國間諜見面的，卻不料外國間諜始終未曾公開露面，而只是委託了本市的一個犯罪機構代行其事！

蔡傑又道：「那兩個人，是將李諾從他的車子上拖下來之後，開槍將他射死的，根據他們回來說，他們將李諾拖下車子之後，李諾的車子竟然自動向前駛了出去，嚇得他們在殺了李諾之後，就將屍體棄於公路旁的空屋中，就逃回來了！」

高翔站了起來，向蔡傑道：「你留在這裏。蘭花，我們到現場去看看，事情進行得怎麼樣了，希望他們未曾事先搬離！」

木蘭花和高翔離開了辦公室，兩個警官立時走進來，陪著蔡傑，和記錄蔡傑的話。

當木蘭花和高翔來到雷聲戲院的附近之際，四面的街道，都已架上了鐵馬，臨時封鎖了起來，警員正在勸諭市民離開，大隊警員圍在戲院的每一個出口處。

由於還在上午，戲院並未開業，是以情形便簡單得多，行動組組長奔了過來，道：「估計約有十三個歹徒在此地下室，不肯出來。」

高翔道：「施放催淚彈，逼他們出來！」

行動組長道：「那必須要先將地下室的門炸開來。」

高翔道：「地下室的入口在哪裏？」

行動組長指著一扇鐵門，道：「就是這裏。」

高翔道：「我來！」

他自行動組長的手中，接過一枚小型的手榴彈來，向前疾奔了幾步，奔到了離那扇鐵門只有十五六碼處，拉開了引線，將手榴彈拋了出去。

手榴彈恰好落在鐵門之前，而且恰好在落地時爆炸，「轟」地一聲巨響，鐵門已然塌下一半來，四個警員立時施放催淚彈。

四枚催淚彈射進了鐵門，濃煙自鐵門中冒了出來，只聽得鐵門內一陣乒乒乓乓的聲響。

行動組長站在擴音器前大聲道：「將手放在頭上，一個一個走出來！」

第一個人立時走了出來，只不過並不是將手放在頭上，而是雙手掩住了臉，接著，第二個，第三個，一共出來了二十四個人。

鱷魚是老犯罪分子，雖然他是最後才走出來，但是他才一出現，幾乎所有在場的高級警務人員都認得這個犯罪分子。

於是，所有的人都被戴上了手銬，押上了警車。

警方又開動了鼓風機，將催淚氣體一起吹散，才進入地下室中。

誰也想不到，戲院的地下室中，佈置得極盡華麗之能事！

警方在地下室中，搜集到了足夠的證據才撤隊回去。

這件事，不到中午，便已經成為驚動全市的大新聞，人人都在談論著了！

木蘭花和高翔在接下來的幾天中，並沒有參加這件案子的審訊工作，因為他們必須整理他們被毀壞了的屋子。

他們兩個人，再加上安妮、穆秀珍，連雲四風和雲五風也抽空出來幫忙，足足忙了一個星期，才使屋子初步恢復了舊觀。

那天晚上，他們幾個人一起在花園中，欣賞著千變萬化，美麗的晚霞。

高翔道：「我們一直以為殺人的是白克勞，倒冤枉他了。」

穆秀珍立時道：「一點也不冤枉！」

高翔笑道：「秀珍，你怎麼了？現在已證明殺人的不是他啊！」

穆秀珍更不服氣，解釋著道：「那是他還未曾下手！」

高翔道：「甚麼意思？」

木蘭花沉聲道：「秀珍說得對，如果在本市，白克勞和李諾又見面，白克勞仍得不到他要得到的東西，我看他也會殺人的！」

高翔點頭道：「可能！」

穆秀珍正色道：「甚麼可能，簡直是一定，安妮不是差一點死在他的手下麼？」

木蘭花嘆了一聲，道：「他是舉世知名的成功人物，但是他成功的秘訣卻很簡單，那就是不擇手段，做一個冷血的人！」

爭論總算結束了，而天邊，也漸漸黑了下來。

生死碧玉

1 稀世奇珍

經過了一個多月的整理，木蘭花被炸毀的住所，已可以說恢復舊觀了，但是屋中的很多陳設，都是木蘭花、穆秀珍和安妮好幾年來，花了不少精神收集來的，毀去了一大半，自然沒有那麼容易添置好，所以連日來，木蘭花都帶著安妮留連市場，在找尋可供陳設的藝術品。

木蘭花的學識十分廣博，她不但對現代的知識有相當的修養，就是對古代的藝術精品，知識也極其豐富，好幾家規模極大的古董店，有時都要專門來請教木蘭花，對某一件古物的來歷請其鑑定。

而木蘭花的鑑定，也能被整個古董行業接受，所以，那幾家古董店看到木蘭花光臨，都非常歡迎。

那天下午，木蘭花和安妮在一家古玩店中，花了半小時，選購了一件精美的碟子，可是當她準備離去的時候，卻忽然下起大雨來。

夏天，總是晴雨難料的，雨下得極大，木蘭花暫時無法離去。

古董店的經理趕忙道：「蘭花小姐，反正雨大，我們最近收進了幾件東西，請你來看看！」

木蘭花本身對於古代的藝術品，也有極高的興趣，是以她立時答應了下來，和安妮一起進了經理室。

那位經理鄭而重之地打開了保險箱，取出一隻錦緞盒子來，在那盒子中，放著一對碗。

那對碗，明明是瓷器的，可是卻薄得近乎透明，質地簡直比玉還潤，拿在手裏，輕得像是沒有分量一樣，碗上是兩隻五彩的蝴蝶。

木蘭花拿著碗，輕輕地扣了一下，讚嘆道：「這對碗，毫無疑問，是雍正五彩中的精品，安妮你看，中國人在幾百年之前，已經能製造出那麼精美的藝術品來了！」

木蘭花一面說，一面將碗遞給了安妮。

安妮接了過來，小心地撫摸著，不斷發出讚美聲來，就在這時，外面店堂中，突然起了一陣喧鬧聲。

從那一陣聲響聽來，好像是有兩個人在爭吵，一個的聲音很蒼老，另一個則是店員的聲音，正在大聲道：「我們經理有事，不能見客！」

那蒼老的聲音道：「不行，我一定要見你們經理！」

店員又道：「你有什麼事，找我也是一樣！」

那蒼老的聲音像是發了怒，大聲道：「你不配看我帶來的東西，叫你們的經理出來見我。」

隨著那聲音的叱喝，還傳來了一陣「砰砰」聲響。

經理皺了皺眉，道：「我出去看看。」

木蘭花笑道：「你是應該出去看看，好像打起來了！」

經理站了起來，打開了經理室的門，木蘭花和安妮兩人，也一起向外看去。

只見外面的雨，仍然下得十分大，店堂中有一個老者，正在發脾氣。

那老者的衣著，古老得已經不容易看到了，他穿著一件白綢的長衫，他一定是冒著雨來的，是以他的一件長衫都濕透了。

不但他的長衫濕了，而且他光禿的頭頂上也全是水珠。

他至少有七十歲以上了，可是火氣還大得很，他右手手臂挾著一隻檀木的盒子，左手拿著一根拐杖，正「砰砰」地敲在櫃上。

店員正在勸他：「老先生，別打壞了櫃裏的東西！」

可是，那老者卻大聲道：「打壞什麼，都由我來賠！」

經理就在那時候走了出去，說道：「這位老先生——」

那老者陡地轉過了身來，大喝道：「你是什麼人？」

當那老者轉過身來時，木蘭花和安妮都看到了他的正面，只見他連眉毛也白了，相貌十分威嚴，眼神炯炯，一副怒容。

經理笑道：「我是這裏的經理。」

那老者道：「好，我正要找你。」

經理有點啼笑皆非，說道：「不知道有什麼指教？」

那老者指著他手臂挾著的那檀木盒子，道：「我有一件東西，想託你們寶號轉賣出去，我讓你抽一成佣金，你就一生吃著不盡了！」

木蘭花和安妮互望了一眼，她們雖然沒有說什麼，可是心中卻在想，這老頭子好大的口氣，那檀木盒子之中，放的又是什麼東西，他敢那樣誇口？

經理也呆了一呆，他總算是一個成功的商人，是以他又滿臉堆起了笑，道：「好的，老先生，那麼，請進來，讓我看看是什麼東西！」

那老者也不客氣，揮著拐杖，就跟在經理的後面，走進了經理室，他一走進來，看到了木蘭花和安妮，就呆了一呆。

他瞪著經理，大聲道：「這兩個女娃子是什麼人？」

安妮伸了伸舌頭，木蘭花不知有多久未曾被人家稱為「女娃子」了，她只覺得好笑。

經理忙道：「這位是木蘭花小姐。」

那老者這才向木蘭花望了一眼，他好像也聽說過木蘭花的名字，是以居然「哦」地一聲。

經理道：「我和蘭花小姐，正在欣賞著一對稀世奇珍……」

經理好端端地說著，其實一點也沒有什麼不對之處，可是那老者卻又忽然發起怒來，大聲喝道：「什麼稀世奇珍，在哪裏？」

那經理指著放在茶几上的那對瓷碗，說道：「這……」

可是，他才講了一個字，那老者突然揚起了手中的拐杖來，竟向那一對瓷碗疾砍了下去。

木蘭花就坐在那對瓷碗的前面，可是，那老者的動作實在來得太突兀了，木蘭花的反應再快，也難以來得及補救，她陡地一伸手，想將錦盒拉近自己的身邊。

可是，卻已經慢了一步，剎那之間，那老者手中的拐杖已然疾砸而下，

「乒乒」一聲，那一對精美的瓷碗，已經被砸得粉碎！

木蘭花和安妮站了起來，經理也嚇呆了，只有那老者，在砸碎了那一對瓷碗之後，面上卻還有洋洋得意的神采。

經理在呆了一呆之後，立時一轉身，抓起了電話來，木蘭花忙道：「經理，你做什麼？」

經理的聲音中帶著哭音，道：「我要報警，這對瓷碗，我是三萬美金買入的，已有客人肯出四萬五千美金向我買，我要報警，」

他一面講，一面已在撥著號碼。

可是那老者卻「呵呵」笑了起來，道：「不必緊張，我會賠給你，你的眼界也太淺了，這樣兩隻碗，也說是稀世奇珍！」

木蘭花向經理作了一個手勢，示意他放下電話來，然後，她向那老者道：「老先生，那麼，照你的說法，什麼才是稀世奇珍呢？」

那老者坐了下來，他臉上那種洋洋得意的神色更甚，他放下手杖，將那隻檀木盒子，用雙手捧著，鄭而重之地放在面前的茶几上。

經理仍然站在電話邊，他神色蒼白，哭喪著臉，木蘭花要他不要打電話，雖然他已將電話筒放下，可是手仍然按在上面。

那老者抬起頭來，像是在演講一樣，指著那檀木盒子，在那一剎間，不但他的雙眼之中，射出異樣的神彩來，就是他光亮的頂門上，也泛起了一層光，由此可知，他的心中實在是極其興奮。

他道：「聽說過清宮秘藏的翡翠船麼？那才是稀世奇珍呀！」

那老者這句話一出口，木蘭花和經理兩人，不由自主一起吸了一口氣，但是安妮卻只是睜大了眼，不知那老者的話是什麼意思。

自然，安妮不明白，是當然的事，因為她並不是對中國古物有著深刻認識的人，但是，那經理和木蘭花就不同了！

作為一間規模巨大的古玩店經理，自然對於古物有充分的認識，而木蘭花對於古玩，更有著專家的水準，他們自然是明白的。

他們在那剎間，也不由自主點了點頭，表示同意那老者的話，清宮秘藏的翡翠船，那才是真正的稀世奇珍，相形之下，那一對看來極其精美的雍正五彩瓷碗，實在是不算得什麼了！

關於那艘清宮寶藏的翡翠船，有很多傳說，比較可靠的傳說之一，是說那是一整塊翡翠雕成的，開始時，並不是皇帝的收藏，而是乾隆年間，最得乾隆皇帝寵信的太監，和珅所藏的，後來和珅被嘉慶皇帝殺了，抄沒他的家產，這艘翡翠船，也就入了清宮。

據說，當翡翠船送到嘉慶手中的時候，嘉慶曾將宮中所藏的相類的雕刻品拿出來與之比較，沒有一樣東西，可以及得上它的。

自此以後，那翡翠船便被當作清宮之中的第一珍品，等閒人絕看不到，一代代傳了下來。

到了慈禧太后那一年，八國聯軍打進北京城，慈禧太后倉皇出走，聽說還是帶了那隻翡翠船一起走的，但是據傳說，那隻翡翠船就在那時失落了！

自此之後，就傳說紛紜。

有的說，翡翠船已被慈禧太后失手跌破，只剩下了一些碎片了，有的說，慈禧太后根本沒有將之帶出宮，被八國聯軍搶走了，也有的說，珍妃在被逼投井之前，知道那是慈禧太后最心愛的物事，是以先偷了出來，抱著它一起跳進了井中！

種種傳說，無非是增加了那隻翡翠船的神秘性。

但是事實上，見過這隻翡翠船的人，根本極少，據說，又是「據說」，袁世凱在出賣了維新黨之後，慈禧太后為了表示對他的信任，曾賞他一觀，宮中的太監爭相傳說，有幾個也曾偷窺過一眼。

根據北平城中古董商人的說法，這艘翡翠船，高八吋，長一尺二吋，是一整塊通體碧綠的翡翠所雕成的，二十個一等一的玉工，雕了足足十七年才完成，船上共有五十一個人，個個栩栩如生，雕工之精美，簡直是鬼斧神工！

一件那樣的珍品，自然稱之為「稀世奇珍」，絕不算是過分了。

當那老者講了那幾句話之後，經理室中登時安靜了下來，等過了好一會，才聽得那經理用一種十分異樣的聲音，驚訝道：「你……這盒中，就是那隻翡翠船！」

那老者「嘿嘿」笑著，道：「你來看看就知道了！」

他一面慢慢地移開了那隻檀木盒子的盒蓋，經理不由自主向前走去，木蘭花也全神貫注望著那隻盒子。

盒蓋才被移開了兩三吋，便有一股碧熒熒的寶光射了出來，木蘭花和經理都不由自主屏住了氣息，那老者的手指也在微微發著抖。

等到盒蓋移開了二三吋許時，已經可以看到那晶瑩無瑕，通體碧綠的碧玉船了。

首先看到的，是船頭上所雕成的一隻龍頭。

那碧玉的色彩，實在是只有在夢幻中才有的，那樣地綠，綠得當人逼視著它的時候，甚至眼睛也感到有點刺痛！

這時，連安妮和木蘭花、經理一起，深深地吸了一口氣，因為那實在是太驚人了，尤其當盒蓋又漸漸移開，他們終於可以清楚地看到盒中，放在銀色緞子上的整艘碧玉船時，他們更是連氣也喘不過來，那一定正是傳說中的翡翠船！

雖然他們幾個人都未曾看到過傳說中的清宮秘藏翡翠船，但是他們還是立即可以肯定這一點，因為世界上實在沒有什麼比他們眼前的那艘船更精美的東西了。

那是一艘龍船，有著兩層船艙，每一層船艙都是鏤空的，可以看到船艙中的那種陳設，和各種各樣的人物。

每一件東西，每一個人，都是那樣地精美，那樣地靈活，那樣地動人，注視得久了，彷彿自己也像是置身在船中一樣！

而更難得的是，那樣大的一塊翠玉，卻是如此完整，從船頭到船尾，玉色是那樣地晶瑩，那樣地碧綠，那樣地懾人心魄！

安妮首先叫了出來，她叫道：「蘭花姐，這……是真的麼？我的意思是，世界上真會有那麼美麗的東西麼？那簡直不可能！」

經理的手在發著抖，他伸出手來，顫抖的手指，在那艘翡翠船上，輕輕摸了一下，又立時縮了回去，同時卻長嘆了一聲。

也沒有人知道他那一下長嘆是什麼意思，或許連他自己也不知道，那是什麼意思？

他只是感到自己必須嘆氣，連木蘭花也有那樣的感覺。

木蘭花、安妮和那經理三人，不知道過了多久，他們的眼光才離開了那艘翡翠船，向那老者望去，因為那樣精美的藝術品，實在是太具吸引力了！

可是，就在他們抬頭向那老者望去之際，他們三人都吃了一驚！

只見那老者的身子，歪在沙發上，頭靠在一邊，他的臉色變得極其難看，他睜大了眼，眼珠在遲緩地轉動著，他的手，緊抓著沙發的扶手，而他面上的肌肉，則在不規則地跳動著。

木蘭花的反應最快，她立時一伸手，輕輕抓住了那老者的脈門，同時叫道：「快，快打電話召醫生來，快！」

那經理嚇得慌了，站了起來，手足無措，不知該怎麼才好，還是安妮，連忙來到了電話前，撥動著電話，木蘭花將那老者的身子扶正。

經理直到此際，才迸出了一句來，道：「他，怎麼了？」

木蘭花道：「心臟病猝發！」

這時，那老者的眼睛已幾乎停止轉動了，自他的喉間發出一陣格格的聲音來，但是，卻根本聽不出那些聲音代表著什麼。

看那老者的情形，像是竭力要說什麼，而他已幾乎停滯的眼珠，卻轉到了那艘翡翠船上。

木蘭花忙蓋好了盒蓋，道：「別擔心，那是你的，醫生快來了！」

安妮放下了電話，向前走來，道：「醫生說，三分鐘內就可以趕到！」

木蘭花的手，在那老者的胸前搓揉著，希望可以對那老者有所幫助，可是，那老者的情形卻越來越差，他的臉皮也漸漸成了黃色！

木蘭花站了起來，搖著頭，道：「不行了！」

經理駭然道：「他……他會死在這裏？」

木蘭花又向那老者看了一眼，然後道：「照我看來，他已經死了！」

經理不斷地搓著手，就在這時，醫生提著藥箱，匆匆地走了進來，立時解開那老者胸前的衣服，用聽筒聽著那老者心臟的跳動。

過了半分鐘，醫生抬起頭來，道：「我想應該先通知警方，這人的心臟停止跳動，已經死了，他的家人呢？」

經理道：「他是一個人來的。」

安妮已經去打電話通知警方，經理和木蘭花互望著，在那幾分鐘之中，他們經歷之事，實在太驚心動魄了，先是在那檀木盒子中，看到了稀世珍品，接著，那老者竟突然死去了！

不到十分鐘，救護車和警車同時到達，跟救護車而來的醫生，也立時判斷了那老者的死亡，木蘭花則向一位警官敘述著事情的經過。

大約是別的警官的通知，所以高翔也趕來了。

這本來是一件小事，一個老年人因為心臟病猝發而死亡，是很普通的事。但是，由於那老者曾帶了那樣價值連城的翡翠船一起來的，所以事情就變得不尋常了。

木蘭花又將事情的經過講了一遍，然後，拉開盒蓋，讓高翔和那兩個警官看那艘翡翠船。

高翔和那兩個警官，也看得半晌說不出話來。

高翔在那老者的身上搜了搜，可是，卻找不出任何足以證明那老者身分的東西來，在老者的身邊，只有少得可憐的一點零錢。

高翔指揮著警員和救傷人員，將那老者的屍體移了出去，然後，他拿起了那檀木盒子，經理忙道：「高主任，蘭花小姐可以證明，那位老先生生前是要託我將這艘翡翠船出賣，讓我抽一成佣金的。」

高翔道：「可是他現在卻死了，我們要找到他的家人，將這翡翠船交給他的家人，再由他家人決定是不是再將之出賣。」

經理嘆了一聲，他絕沒有法子反駁高翔的話，雖然他的心中，一百二十萬分地不喜歡。他搓著手，道：「只好這樣辦了！」

木蘭花沉聲道：「高翔，這件事，在未曾將這艘翡翠船交給死者的家人之前，最好保守秘密，雖然說這東西藏在警局，但一樣靠不住的！」

高翔立時點了點頭，同意了木蘭花的話，他剛才看過那翡翠船，別說它的精美雕刻，就算是將它敲碎了，一小塊一小塊零售，它的價值也是無法估計的！

古玩店經理聽得木蘭花那麼說，忙道：「我這裏的保險箱，設備十分好，而且，日夜都有人看守，不如交存在我這裏吧！」

高翔笑了起來，道：「經理，你這種保險箱，在著名的珠寶大盜看來，簡直像是小孩子的玩具一樣兒戲！」

經理不服氣道：「我們從來也沒有失竊過！」

高翔道：「那只不過是因為你沒有什麼好東西，可以引得那些著名的大盜來向你下手！」

經理瞪著眼，沒有什麼話可說了！

那位老者突然的死亡，受損失最大的，可以說就是那古玩店的經理了，因為如果那老者不死的話，古玩店經理可以得到一成佣金。

這隻碧玉船的價值，簡直是無法估計的，但是有一點卻是可以肯定，那便是那老者所說過的話是對的，他曾說，雖然只是一成佣金，也足可以供他吃著不盡了！

可是現在，他卻什麼也沒有得到，反倒給那老者一揚杖，打碎了一對價值四萬五千美金的精美瓷碗，難怪要愁眉苦臉了！

木蘭花在離去的時候，安慰經理道：「你放心，死者的家人如果也決定出售它的話，那麼，我一定勸他們來找你！」

經理聽得木蘭花那樣說，才多少有了點笑容。

木蘭花和安妮跟著高翔一起到了警局，在高翔的辦公室中，方局長和其餘幾個高級警官，都一起欣賞著那隻翡翠船。

然後，高翔將檀木盒子鎖在他辦公室的保險箱中，方局長也同意了木蘭花的建議，在未曾找到老者的家人前，將這件事保守秘密。

那時候，所有的人，連木蘭花在內，都以為要找尋那老者的家人，是一件輕而易舉的事情，可是在三天之後，卻顯得事情有點不尋常了！

第一天，警方通過報紙、電臺，將消息傳出去，說是有一個老者，年齡大約是七十三歲到七十八歲之間，因心臟病猝發，而死在古玩店中。

但是第一天，卻一點結果也沒有。

第二天，警方發出了那老者的照片，分別在報紙和電視臺上公佈，再敦促死者的家人和警方聯絡，可是第二天仍然沒有結果。

第三天，死者的照片仍然在報章和電視上出現，照說，一定會有人到警局來聯絡的了，而且，警方還特別說明，有什麼重要的事。

可是第三天一樣沒有人來！

高翔在第三天的晚上回到了家中，木蘭花第一句話就問他：「找到那老者的家人了？」

高翔皺起了眉，道：「奇怪得很，一直沒有人來，那老者總不見得沒有家人吧？」

木蘭花想了一想，道：「那老人的脾氣不很好，可能沒有家人，但是，一定有人認識他的，不妨請見過他的人，到警局來提供有關他的資料。」

高翔點頭答應著，所以，第四天，警方的通告，改為凡是認識那個暴斃老者的人，都請和警方合作，到警局來，和警方聯絡。

第四天的廣告，有了結果。

中午時分，一個中年人，由一個警官帶領著，走進了高翔的辦公室，他看來是普通的職員，很拘束，見了高翔深深地一鞠躬。

高翔忙道：「請坐，先生，你認識那個老者？」

也許是高翔和藹的態度的影響，那中年人的態度自然得多了，他道：「是的，主住，那位老先生，他是我的房客！」

高翔「哦」地一聲，道：「他只是一個人？」

「是的，只有一個人，他脾氣很不好，已欠了我將近一年房租，唉，我每次向他提起，他總咆哮著，說他比世界上任何人都有錢，這位老先生的學問很好，他已租了我的房間好幾年了，所以我也不忍與他計較。」

「他叫什麼名字？」高翔問。

「不知道，真的，」那中年人像是怕高翔不相信，是以急忙補充著，「他不肯告訴我姓名，他只對我說，他姓李，木子李。」

高翔道：「先生你呢？」

「我叫杜亭，是百貨公司的售貨員，其實我自己有三個孩子，也住得很擠，可是收入少，沒有辦法，只好租一間房間給人家，他來的時候，倒很闊綽，一下就給了一年的房租。」

高翔又道：「前幾天，你有沒有看到警方的通告？」

「看到的，」杜亭回答，「但警方找尋他的家人，我不是他的家人，所以沒有來。」

高翔道：「杜先生，謝謝你的幫忙，現在，還要請你帶我們去看看他的房間。」

杜亭現出為難的神色來，吶吶地道：「這……這……」

高翔道：「你有什麼為難的地方？可是你的僱主不許你請假，警方可以代你打電話給你的僱主，賠償你僱主的損失的！」

杜亭忙道：「不是，不是！」

他又支吾了片刻，才說道：「好，我帶你們去吧！」

高翔道：「就是我一個人跟你去就行了！」

他帶著杜亭，離開了他的辦公室，登上了一輛警車，來到了杜亭的住所門前，杜亭所住的，是一幢大廈中的一個單位。

這一類的大廈，可以稱之為「鴿子籠大廈」，它們的結構全是一樣的，一條長走廊，兩旁便是一個一個的居住單位。

杜亭住在九樓，在狹小的電梯中，升到了九樓，然後又經過了黑暗的走廊，杜亭按鈴，一個雙手全是肥皂泡的中年婦人來開門。

杜亭道：「高主任，這是我太太！」

杜太太點著頭，高翔看到有三個小孩，最大的不過十一、二歲，正在吃飯，那個居住單位，總共只有兩間房間，另外兩個小小的空間，就兼負有走廊、飯廳和客廳的三重任務了。

杜亭帶著高翔，來到了一扇房門之前，說道：「李先生就是住在這裏的！」

高翔在一打開門時，就略怔了一怔，以他的經驗而論，一眼就可以看出，那間陳設簡單的房間，曾經被人搜索過！

高翔回過頭來，當他看到杜亭閃縮的樣子時，他更完全明白了。

他走進了房間，看到杜亭跟了進來，他才壓低了聲音道：「杜先生，雖然你的房客欠了你的房租，但是你私自搜撿他的房間，也是非法的！」

杜亭現出極是驚惶的神色來，結結巴巴地道：「高主任，我知道他已經死了，想找一找，看看他有沒有什麼值錢的東西留下來……」

高翔冷笑道：「你找到了什麼？」

杜亭哭喪著臉，道：「什麼也沒有找到！」

高翔又瞪了他一眼，實在，他也沒有什麼可做的了，因為房間中的東西，簡單到了一眼就可以完全看到，一隻漆皮箱子，箱蓋還打開著，高翔向箱中看了一看，除了幾件長衫外，什麼也沒有。

但是高翔還是仔細搜尋了一遍，他只找到了一顆圖章，杜亭顯然不識貨，那顆圖章，是上佳的瑪瑙雕成的，高翔認出，圖章上刻著「李昭華印」四個字。

可是，那對於弄清李昭華是什麼人，卻是一點幫助也沒有！

2 高明騙局

高翔在半小時之後，離開了杜亭的住所，回到了辦公室中，他除了知道死者叫李昭華之外，沒有任何其他的收穫了！

他坐在辦公桌之前，手支著頭，想了片刻，他想打電話告訴木蘭花，自己見了杜亭之後，並沒有什麼多大的收穫，可是他的手剛放在電話聽筒上，就聽到了穆秀珍的聲音在他的辦公室之外響了起來。

不論在什麼地方，穆秀珍的聲音都是最大的。

她在問人：「高翔在麼？」

可是，她根本沒有得到別人的回答，因為她一面在問人，一面已經衝了進來，「砰」地一聲，推開了門，手叉著腰，道：「高翔，你好！」

這一聲「高翔你好」，誰都聽得出，並不是在問候，而是在責備。

高翔笑著，攤了攤手，道：「秀珍，我自問沒有什麼事得罪你啊！」

穆秀珍也笑了起來，道：「讓我看看！」

高翔莫名其妙，道：「看什麼？」

「當然是那隻翡翠船！」穆秀珍道：「我和蘭花姐通過電話，她告訴了我這件事，快讓我見識見識這件稀世奇珍！」

高翔笑著站了起來，道：「自然可以，可是你別粗手粗腳，弄壞了它，那可不得了！」

穆秀珍「呸」地一聲，道：「你當我是小孩子麼？」

高翔從辦公桌後面走了出來，來到了那隻保險箱面前，轉動著號碼盤，打開了保險箱，穆秀珍已迫不及待地趕過來，道：「在哪裏？」

她一面說，一面還伸手將高翔推開了一步。

高翔搖著頭，微笑著道：「就在那隻檀木盒子中！」

穆秀珍一伸手，就將檀木盒子自保險箱中取了出來，當她一取到了那隻檀木盒子之際，她的臉上，便現出了一種十分奇怪的神情來。

由於她臉上神情的變化，來得如此突然，是以高翔也不禁為之一呆，而穆秀珍立時又現出憤怒的神色來，道：「高翔，你好小氣！」

高翔忙道：「什麼意思？」

穆秀珍卻並不回答高翔的問題，只是聯珠炮也似地道：「給我看看，又不會看壞的，不給我看也就算了，有什麼大不了！」

高翔有點啼笑皆非，他道：「你小心拿好了盒子，你只要打開盒蓋，就可以看到那隻翡翠船了，你脾氣怎麼忽然古怪起來了？」

穆秀珍卻重重地將那隻檀木盒子放在桌上，當她那麼用力，「啪」地一聲將檀木盒子放在桌上之際，高翔嚇了老大一跳，忙道：「小心！」

穆秀珍大聲道：「小心什麼，我敢打賭，那盒子之中空無一物！」

高翔嚇了一大跳，道：「別開玩笑！」

高翔那一句話才出口，穆秀珍已然「刷」地一下，將盒蓋扭了開來，道：「你看！」

高翔不必穆秀珍叫他看，他也可以看得清清楚楚了，因為這時候，他就站在桌前，而那隻盒子就放在桌子之上！

剎那之間，高翔的雙眼睜得老大，他張大了口，臉色變得十分蒼白，一句話也說不出來。

他實在說不出任何話來，因為盒子是空的！

當高翔看到那隻盒子是空的之際，他只感到了一陣目眩，一時之間，他實在不能相信，自己眼前所見的，會是事實！

那隻翡翠船是在這隻檀木盒子之中，那是毫無疑問的事，他將那盒子自珠寶公司中帶回來，親手放進那隻保險箱之中！

在放進保險箱之前，他曾打開盒子來看過，那隻保險箱，高翔平時用來儲存重要的文件，他一天之中至少開個十次八次，也幾乎每一次，他都忍不住要抽開盒蓋來，看看那隻翡翠船！

因為那隻翡翠船是絕世的藝術品，而絕世的藝術品，是有著無比的魅力的，高翔還記得，在杜亭來到他辦公室之前，他還曾看過一眼，那隻翡翠船還在，可是現在，盒子中卻是空的，那隻稀世珍品，價值無法估計的翡翠船不見了！

高翔的雙手按在桌上，他不但臉色蒼白，而且，在他的額角之上，已經有大顆的汗珠滲了出來。

高翔絕不是受不起打擊的人，但是現在這個打擊，卻實在太大了！不但是因為那翡翠船價值連城，而是由於那翡翠船被竊的地點！

在他，警方特別工作組主任的辦公室中，鎖在保險箱中的一件稀世奇珍失竊了，這件事如果傳了出去，旁人會怎麼想？

旁人一定想，那根本是不可能的事，有什麼竊賊，敢膽大包天闖進警局來，在特別工作室主任的辦公室保險箱中偷東西？

那麼，旁人一定也會聯想到一個極其嚴重的問題！這隻翡翠船，一定是高翔監守自盜了！只怕不但是旁人，連方局長也會那樣想！

穆秀珍在一旁，看到了高翔的這種情形，她也不禁吃了一驚，道：「高翔，怎麼了？」

高翔按在桌上的雙手，十指漸漸握緊，他要很用力，才能自他的口中講出一句話來，他道：「那……翡翠船不見了！」

穆秀珍怔了一怔，道：「那怎麼可能？」

高翔並沒有回答穆秀珍的問題，他的腦中，已經問了自己不知多少次「那怎麼可能」，可是他卻也想不出這理由。

穆秀珍望了高翔半晌，忽然又像是恍然大悟地道：「我明白了，你還是不願意讓我看，高翔，給我看看，又有什麼關係！」

高翔又感到了一陣昏眩，連穆秀珍也根本想不到那隻翡翠船會不見，而以為是他收了起來。

他像是喝醉了酒一樣，向前走出了幾步，坐在沙發上，他虛弱得好像大病了一場，連他的聲音也是有氣無力地，他道：「快打電話給蘭花！」

穆秀珍瞪大了雙眼，還是以極其奇怪的神色望著他。

高翔陡地叫了起來，道：「快打電話，它不見了！」

穆秀珍這才嚇了老大一跳，立時拿起了電話筒來。

木蘭花在二十分鐘之後，趕到了高翔的辦公室中。

那時候，高翔仍然坐在沙發上，雙手按住了頭，穆秀珍則在不斷地走來走去，方局長站著，緊皺著眉，一句話也不說。

木蘭花一進來，各人都抬頭向她望來。

穆秀珍壓低了聲音，道：「蘭花姐，你來了真好，那隻翡翠船不見了，高翔說，在不到兩小時之前，他還可以肯定那是在保險箱中的！」

木蘭花已在電話中知道了這件事，所以她才那麼快就趕了來，她並不說什麼，只是向那隻空盒看了看，又向保險箱看了一眼。

那是一隻很普通的保險箱，因為保險箱既然是安放在警局特別工作室主任的辦公室中的，自然不必要加上什麼特殊的設計了。

那也就是說，一個普通的竊賊，就可以弄開這具保險箱，自然，先決的條件是要他敢走進警局來，要他能進入這辦公室！

木蘭花深深地吸了一口氣道：「一般的調查工作，已經展開了？」

方局長搖頭道：「還沒有。我們在等你來。」

木蘭花轉向高翔，道：「你得先將經過情形說一說！」

高翔的神情已鎮定了許多，但是他的臉色看來依然很蒼白，他道：「我曾經離開辦公室一小時左右，自然是在那一小時之內失竊的。」

「你離開是為了什麼？」木蘭花問。

「一個叫杜亭的人，看到了報紙，說死在珠寶公司的那人叫李昭華，是他的房客，我和他一起離去，去看李昭華的房間。」

木蘭花迅速地來到了窗子之前，向窗子看了一下，窗是緊閉著的，而且絕沒有被人撬開過的跡象，她道：「那很簡單，問一問辦公室外的人，在你離開之後，有什麼人進過你的辦公室，就可以有頭緒了！」

這實在是一個最簡單的步驟，可以說是稍具偵探頭腦的人，都應該想得到，先從這一步驟來著手偵查的。

可是高翔、方局長和穆秀珍三人，不是木蘭花提起，竟未曾想到這一點，那是因為他們一看到那艘翡翠船失竊，所受的震驚實在太大的緣故！

木蘭花一說，高翔立時按下了對講機掣，道：「你們全進來！」

在高翔的辦公室外，除了他的秘書之外，還有三個警官的辦公桌，高翔這時要他們全進來，自然是恐怕其中有一兩人也離開過崗位之故。

木蘭花則立時取過了檀木盒子，閤上蓋，將盒子仍然放進了保險箱中，並且將保險箱也關好，三個男警官和一個女警官，也在這時走了進來。

這時，任何人一走進高翔的辦公室，都可以感到一種很緊張、嚴重的氣氛，那四位警官並不知道發生了什麼事，但是也立即感到了這一點。

高翔緩慢而又清楚地道：「我和那個自稱是死者房東的人，一起離開辦公室，當時，你們四個人全在外面，是不是？」

四人一起點頭，道：「是。」

高翔又道：「我離開了大約一小時又回來，是麼？」

四人互望了一眼，道：「是的。」

高翔道：「在我離開的時候，可有人進過我的辦公室？你們得好好想一想！」

那四人的臉上，都現出十分驚訝的神色來，道：「沒有人進來，我們一直在你辦公室外面，沒有人曾經離開過。」

高翔不禁苦笑了一下，這樣的回答，根本是在他意料之中的事，因為即使是高級警官，也絕不會胡亂到他辦公室中來的。

但是高翔還是再問道：「你們可以肯定？」

四人一起道：「絕對肯定！」

高翔只好苦澀地笑了起來，向方局長和木蘭花望去，道：「沒有人進來過。」

方局長的眉心打著結，道：「你們絕對肯定，在高主任離開的那一段時間中，沒有任何人進過他的辦公室？記住，這一點很重要！」

那三個男警官道：「沒有！」

那位女警官也道：「沒有！」

她在講了那句話之後，頓了一頓，又道：「高主任自己，當然不算。」

那三位男警官一起笑了起來，道：「這真是多此一問。」

那位女警官紅了紅臉，像是很不好意思。

可是在剎那間，方局長、木蘭花、高翔和穆秀珍都一起怔了怔，方局長忙道：「殷警官，你這樣說是什麼意思？」

殷警官就是那位女警官，她的臉更紅了，她以為她自己剛才說了一句十分愚蠢的話，所以這時要受到方局長的責備了。

她漲紅了臉，道：「我……是說，高主任回來過！」

殷警官這句話一出口，木蘭花、高翔、方局長和穆秀珍四人又是一震。

高翔忙道：「我不明白，殷警官，你指的是什麼時候？」

這時，殷警官也已知道不是因為自己說錯話了，這事之中一定還有什麼隱情，是以她臉上的紅雲也漸漸消退了。

她道：「高主任和杜亭一起離開，但是立即又折了回來，進了辦公室，大約過了五分鐘左右，才又匆匆離去的。」

高翔怒斥道：「胡說！我什麼時候去了又折回來過？」

殷警官給高翔那突如其來的一下反喝嚇了一大跳，她連忙為自己辯護，道：「他們三位也看見的，不是我一個人胡說！」

方局長等人，忙又向那三位警官望去。

那三位警官一起點著頭，其中一位道：「殷警官說得不錯啊，高主任離去不久，就回來了，他一面走，一面還用手帕掩住了口在咳嗽！」

方局長望向高翔，高翔又驚又怒，一時之間，一句話也說不出來。

木蘭花沉聲道：「你們肯定，那是高主任，不是別人？」

四位警官聽得木蘭花那樣一問，都不禁呆了一呆，一個道：「高主任才和杜亭出去，又咳嗽著回來，而且，他是用鑰匙開門的。」

木蘭花又進一步追問道：「你們剛才說，他咳嗽的時候，用手帕掩著口，那就是說，事實上，你們並未曾看清他的臉？」

那四位警官呆了一呆，一個道：「他剛離去，而且除了他之外，也不會有人……對了，他在走的時候，還在我身後站了一會兒，拿了一張文件走，一面看，一面走著出去的！」

方局長忙道：「蘭花，你的意思是——」

木蘭花打斷了方局長的話，道：「我的意思是，方局長，你立即下令，派人去逮捕那個杜亭！」

高翔大聲道：「我去！」

木蘭花搖頭道：「我想不必你去，我們還要留在這裏商量一下，因為如果我的估計不錯，那個杜亭，早已遠走高飛了！」

高翔道：「不會吧，他還有妻子兒女！」

「高翔，」木蘭花瞪了他一眼，道：「你中計了！」

那四個警官仍然怔怔地站著，方局長道：「你們可以出去了，別提起剛才的事！」

那四位警官齊應了一聲，走了出去。

四人才一走出去，穆秀珍便急不及待地問道：「蘭花姐，你說高翔中計了，那是怎麼一回事？」

方局長則已在對講機之前，他向高翔問明了杜亭的地址，立時下令，派人去找杜亭，木蘭花則只是在踱來踱去，穆秀珍連連追問。

穆秀珍問到了第七遍，木蘭花才嘆了一聲，道：「秀珍，你太心急了，等到證明了那個杜亭是不是還在的時候，就可以證明我的推論了！」

穆秀珍嘆了一聲，坐了下來。

辦公室中很靜，沒有人講話，十分鐘之後，無線電話響了起來，高翔立時按下了掣。

只聽一位警官道：「局長，主任，那層樓中，一個人也沒有！」

高翔忙道：「你們留著別走，向左右的居住單位，查詢這家人的來龍去脈！」

「是！」那警官答應著。

高翔轉過身來，穆秀珍立時道：「蘭花姐，你好說了！」

木蘭花緩緩地道：「秀珍，你怎麼還不明白，這是一個設計得高明之極的騙局，騙局的第一步，就是杜亭前來，自認是死者的房東！」

方局長、高翔和穆秀珍都望著木蘭花。他們也都猜到了事情的經過情形，但是他們還是願意聽木蘭花的詳細分析，因為他們知道木蘭花的推斷能力遠在他們之上。

木蘭花又道：「杜亭一到，高翔自然會跟著他離去的，我的假設是，另外有一個人，早已化裝成高翔的模樣，混在警局中了。現代的化裝技巧，可以將一個人的臉型完全改造過來，這一點，相信我已不必再作任何詳細的解釋了。」

「可是，」穆秀珍插口道：「化裝得再好，門口有四個人也會給識穿的啊！」

方局長道：「除非他準備冒險。」

木蘭花道：「這個假冒高翔的人，其實不必冒任何險，因為高翔才出去，門口四個人是全看到的，忽然又有人走向辦公室來，裝束和高翔一樣，面貌相似，又大聲咳嗽著，他們四人又各有各的工作，在他們四人的下意識中，就一定以為那是高翔本人！」

高翔道：「那麼在離去的時候呢？」

「離去的時候更方便了，在你辦公室的這段時間中，他已得了手，剛才不是有一個警官說，你在離去的時候，還在他背後站了一回麼？」

「是啊，他太大膽了！」高翔說。

「不，」木蘭花道：「那是必須的，我相信那位警官的辦公桌，一定最接近你的辦公室的門口，四個人全背對著他，他站在那警官的背後，那警官會以為他的上司在察看他工作的情形，自然不會轉過頭來，所以，他其實一點危險也沒有。」

高翔、方局長和穆秀珍三人，聽了木蘭花的解釋，不禁大是嘆服。

木蘭花又道：「這人站了一會，等那警官處理好了一疊文件，他就連文件夾拿走，一面看，一面向外走去，這時，文件夾遮住了他的臉，人家更不會疑心，他就可以安然離去了，我的推論在杜亭已然『全家失蹤』之後，我想離事實已不遠了！」

高翔想起杜亭那副戰戰兢兢的樣子，想起他自己承認搜查過李昭華住所時的那種惶恐的情形，他不禁苦澀地笑了起來。

他是完全上當了！

3 滿清貴族

木蘭花望著高翔，柔聲道：「高翔，你不必難過，這個設計騙局的人，絕對是一個了不起的人物，他的設計，可以說是無懈可擊，任何人都要上當，這個人，對人的心理有極其深刻的研究，而且，膽大，心細，說實話，我很佩服。」

方局長苦笑了一下，道：「蘭花，照現在的情形看來，那死者根本不是住在那地方了！」

「當然不是，」木蘭花回答，「而且，死者也決計不會是叫李昭華，這一切，全是為了要引高翔離開而捏造出來的！」

高翔沉聲道：「他們還不夠高明，高明的話，杜亭不至於逃走，而應該說，我在和他離開，走到警局門口，真的曾回來過，那麼，再加上門口四個人的證供，我就成為監守自盜的嫌疑犯了。」

木蘭花搖頭道：「事情沒有那麼簡單，杜亭如果不走，自然可以陷害你，但是，他的『家庭』經得起調查麼？而且，他們的目的是在於盜寶，並不在於害人，那麼，他們東西既然已經到了手，為什麼還要多此一舉，留下來害人？」

方局長道：「蘭花，你的分析十分有理，可是我還有一點不明白，這隻翡翠船在警方手中，可以說是一個高度的秘密，根本沒有人知道的！」

高翔忙道：「那珠寶公司的經理知道。」

木蘭花搖頭道：「我可保證那經理的為人。」

方局長望著木蘭花，木蘭花徐徐地道：「我猜想，死者擁有那隻翡翠船，在他生前，一定還有人知道，死者死了，那個人可以設想到翡翠船已落在警方的手中，他只要稍為做一番調查工夫，就可以知道死者死的時候，高翔也在場，警方將翡翠船保管在高翔的辦公室中，他也未必能肯定，可是他可以來試一試！」

高翔苦笑著，道：「那樣說來，我們是一無線索了？」

木蘭花並沒有立即回答這句話，她在沙發上坐了下來。

穆秀珍道：「我們得趕快採取行動了，這翡翠船要是運出了本市，就難以再追回來了！」

木蘭花仍然不出聲，高翔和方局長自然也知道穆秀珍的話是對的，他們應該快點採取行動了，可是現在，那隻翡翠船像是泥牛入海一樣，他們根本一點頭緒也沒有，如何能採取什麼行動？

木蘭花嘆了一聲，道：「我們現在空著急也不是辦法，搶到手的人想要出手、也沒有那麼容易，除非那人將翡翠船支解，一小塊一小塊出售！」她講到這裏，難過地搖了搖頭，道：「如果是這樣的話，那麼，世界上最精美的一件藝術品，便從此消失，不再存在了——」

高翔道：「自然竊賊會將它剖開來，總不見得那竊賊是為了欣賞藝術品，才來下手的，蘭花，我始終認為那經理很有問題。」

木蘭花又沉默了片刻，道：「高翔，你的心中，其實並不是認定那經理有問題，而是你想到他是你能追尋的唯一線索！」

高翔苦笑著，木蘭花的話，實在是說中了他的心事。

木蘭花又道：「還有一件事很奇怪，你們不知道是不是曾留意到？」

方局員、高翔和穆秀珍三人，異口同聲道：「什麼事？」

木蘭花道：「任何人是不可能脫離他人而單獨生活的，可是為什麼警方通過了報紙、電視，要找認識死者的人，卻一無結果？」

方局長等三人想了一想，穆秀珍道：「可能死者平日深居簡出，日常生活又簡單，本來就沒有什麼與他接觸的人。」

「一個也沒有？」木蘭花問。

「自然不會一個人也沒有！」穆秀珍道：「可是……那個設計來偷東西的人，至少是認識死者的了，可能只有他一個人！」

「那是不可能的事。」木蘭花道：「一個人活在這個社會中，可能只有極少數的人認識的，但是決不會只有一個人。」

穆秀珍嘆了一聲，道：「蘭花姐，現在來討論這個問題，有什麼用？」

木蘭花一字一頓地道：「我卻認為大有用處，我們既然已經肯定，一定有人認識死者，現在我提出來的問題是，這些認識死者的人到哪裏去了？」

高翔忙道：「蘭花，你的意思是——」

木蘭花道：「我的意思是，下手偷翡翠船的人，如果不是肯定知道根本沒有人到警局來接頭，他就不可能行使他的計劃！」

方局長搖頭道：「我仍然不明白。」

木蘭花卻忽然講起了一件聽來像是完全不相干的事來，她道：「高翔，你叫人去查一查，這幾天之中，有什麼離奇斃命的案子！」

高翔一怔，道：「什麼意思？」

木蘭花道：「你叫人查一查。」

高翔又望了木蘭花一眼，木蘭花又道：「記得，那些死者的身分也得弄清楚，我想，我們破案的關鍵，就在這裏了！」

方局長尖聲道：「蘭花，你是說，那下手偷東西的人，在事先已將和死者有關係的人全都殺死了，他才開始實行他的計劃的？」

木蘭花沒有開口，但是卻點了點頭。

高翔立時離開了他的辦公室，方局長搓著手，道：「太可怕了，真昆太可怕了！」

木蘭花道：「設計這件竊案的人，從竊案的過程中，可以看得出來，他是一個心思縝密，冷靜得近乎可怕的人，死者接近的人，可能不會多，他要一一下手除了他們，也不是什麼難事，唉，現在的人，為了小小的錢財也可以造成命案，那隻翡翠船的價值如此驚人，犯罪分子自然更可以為了它下手殺人了，等到高翔拿了名單來之後，我們或者可以找出一個頭緒來的。」

方局長不作聲，坐了下來，穆秀珍不時打開門來，看看高翔可曾進來。

高翔去了十來分鐘，拿著一張紙，急急地走了回來。

他將那張紙往桌上一放，道：「你們來看，自從警方登報，要認識死者的人到警局來接洽之後，到今天，一共有二十四個人，是死於非命的！」

穆秀珍一怔，道：「有那麼多？」

木蘭花道：「自然不會每一個人都和本案有關，我們要找出這些人之間有沒有共同之點來。」

高翔立時道：「有七個人是有相同之點的！」

他指著那張紙，方局長和穆秀珍也一起湊過去看。

在那張紙上，有著二十四個人的名字，其中有七個人的名字上，已經加上一個紅圈，高翔指著的第一個人，簡單的資料如下：

林阿彩，女，五十二歲，女傭，在馬路中心被汽車撞至重傷，送醫院途中不治身亡，生前受僱於文義路十七號當女傭。

第二個人是司機，也是受僱於文義路十七號，這個司機叫陳阿根，駕駛一輛著名的賓利房車，可是這輛房車卻莫名其妙地衝出了公路旁的欄杆，跌下了百尺深的懸崖，自然車毀人亡！

第三、四、五三個，是一家人，兩夫妻和一個十五歲的少年，這一家三口，在郊外的一處地方被人發現屍首，這一家的住址不詳，但是，從男死者的身上，找到半張卡片上有文義路十七號的地址。以上址去了解的結果，證明男死者曾在上址當過管家。

而第六位死者是一個花匠，他的職業是流動性的，專替高尚住宅區的花園洋房打理花卉，他的活動範圍，正在文義路一帶。

第七位死者，是一位餐室送外賣的伙計，和那花匠一樣，是被車撞死的，看來，那位外賣的伙計，好像和文義路十七號沒有什麼關係，但是，他工作的那家餐室，卻是在文義路，那麼，他就有可能也到過文義路十七號，更有可能是因此致死的！

木蘭花的假定是，那持有翡翠船的老者，平日生活十分神秘，輕易絕不露面，是以認識他的人，本來就是少之又少的。及至他心臟病猝發，死在珠寶店中，警方要找尋他，某一個人不想人家去認出他的身分來，所以就將能認出他身分來的人，全殺死了！

那死的，就是上述的七個人。

如果木蘭花的假定不錯，那麼，死在珠寶公司的那個老者，生前是應該住在文義路十七號的。

這的確是一項極其重大的發現！

黃昏時分、一雙男女，手挽著手，慢慢地沿著文義路的樹蔭向前走來。文義路的兩旁，全是有二三十年樹齡的大樹。

這條路是早年開闢的，是以路兩旁的房屋，大都也已經十分殘舊了，只不過雖然殘舊，但是每一幢房子卻還保持著一定的氣派。

那一雙男女，看來和普通的情侶並沒有分別，但是他們卻絕不是普通人，他們是高翔和木蘭花。

他們也不是來散步的，他們正在為一件錯綜複雜，到現在為止還沒有什麼頭緒的案子在傷腦筋！

高翔和木蘭花在漫步之際，他們的心中，也將整件事都略為歸納了一下。先是有一個神秘的老者，持著價值連城的稀世奇珍出現，接著，他便死去，他的身分還未曾弄明白，卻又有人在暗中安排，以極其巧妙的手法，將那隻碧玉船在高翔的辦公室中偷走了。

他們面對的對手，一定是一個聰明絕頂，心狠手辣的人！因為為了得到那艘翡翠船，他至少已殺了七個全然無辜的人！

木蘭花和高翔漸漸接近文義路十七號，那是一幢兩層的房子，有個很大的花園，將房子包圍在高和深的樹木之中，看來十分神秘。

木蘭花和高翔都經過化裝，他們若無其事地走了過去，然後，在不遠處的一排長凳上，坐了下來。

高翔沉聲道：「我們如何開始？」

木蘭花低聲道：「我們不要打草驚蛇，我們的對手可能以為我們絕不可能知道死者的身分，也不會找到這裏來，那對我們十分有利，等天黑了再說。」

高翔點著頭，天色已經漸漸黑下來了，在文義路上漫步的情侶相當多，木蘭花和高翔又向前走著，他們來到了那幢屋子的後面。

抬頭向那幢屋子看去，屋中一片漆黑，像是根本沒有人居住一樣，但是當天也黑下來的時候，木蘭花和高翔都看到花園外大門的門柱上，兩盞燈亮著，可知屋中是有人的。

他們緊貼著圍牆站著，一直聽不到圍牆內有什麼動靜，而天色更黑了，木蘭花和高翔互望了一眼，點了點頭，木蘭花一揚手，「嗤」地一聲，自她手中，一個圓筒形的物事中，已彈出了一根極細的鋼絲來，在那鋼絲的一端，有一個小小的爪。

木蘭花手才一揮起，那爪便「啪」地一聲，搭在牆頭上，木蘭花又按下一個掣，鋼絲收縮，將木蘭花整個人吊了上去。

不到十秒鐘，木蘭花已上了牆頭，她在牆頭伏了下來，將手中那個可以幫助人輕而易舉吊上高牆的器具，向下拋了下去。

而在半分鐘後，高翔也到了牆頭。

他們兩人一起伏在牆頭上，向花園中望去。

花園中植著很多樹木，是以在黑暗中看來，也顯得格外陰森，幾乎一點光也沒有。木蘭花和高翔兩人是有備而來的，自然不會被黑暗難倒，他們各自取出了一副紅外線眼鏡戴上。

在他們的眼前，立時現出了一片暗紅色。

花園中的樹木雖然多，但並不雜亂，種植得很有章法，顯得屋主人絕不是暴發戶，而是對園林有一定研究的人物。

在園子近屋子的那一角，是一個很大的水池，水池上有一座小小的木橋，在水池旁，有幾塊五六尺高，奇形怪狀的大石，有人工製造的小瀑布，水從那幾塊大石上流下來，發出淙淙聲，而除了那淙淙的流水聲之外，靜得一點聲音也沒有。

木蘭花和高翔觀察了三五分鐘，輕輕地自圍牆上跳了下來。當他們還在牆上的時候，早已觀察好了途徑，是以一從牆上跳下，他們就迅速地奔過一條兩面全是灌木的小徑，來到了屋子旁邊。

他們在屋邊略停了一停，又貼著牆，移出了幾步，來到了一扇窗子下，高翔伸手向窗子推了推，窗子鎖著，高翔用手上的一枚鑽石戒指，將玻璃劃出了一個圓圈，輕輕敲下了玻璃，伸手進去，打開了窗子，他們兩人立時跳了進去。

房子內更黑暗，但是他們靠著紅外線眼鏡的幫助，卻也可以看清屋中的情形，那是一間舊式的書房，佈置得很華麗。

就在窗子旁，是一長列古董架，陳列著各種各樣的古董，一邊的牆上，掛著一幅人像，一看到那幅人像，木蘭花和高翔便互望了一眼。

那是一幅炭筆畫，畫中的人，正是死在珠寶公司經理室中的那個老者，那也就是說，他們已經找對了地方，那老者生前是住在這裏的！

這裏的一切，和死者的身分也是吻合的，因為死者既然藏有清宮之寶，那麼，他的生活自然不會太潦倒，只租一間房間住的！

當高翔想到這一點的時候，他的心中不禁暗嘆了一聲，他還是太容易上當了，不然，是可以當場揭穿騙局的，那麼，碧玉船或許就不至於失去了！

他們四面看了一下，高翔低聲道：「這裏好像沒有人！」

木蘭花伸手在桌子上抹了一下，又伸手到眼前看了片刻，道：「屋子中一定有人，如果不是有人打掃，屋中怎會一點塵埃也沒有？」

高翔道：「那麼——」

他本來是想說，那麼，他們就應該將屋中的人找出來才是，可是，他才講了兩個字，便突然住了口，因為就在那時，有一種遲緩的、輕微的腳步聲，正從書房外傳了過來。

那腳步聲很低，如果不是屋中靜得一點聲音也沒有，可能根本聽不出來。

木蘭花忙向高翔打了一個手勢，兩人一起來到了門邊，木蘭花輕輕旋動著門柄，將門打開了一道縫，兩人一起向外看去。

書房外，是一個很寬敞的客廳，客廳的一端，是通向二樓的樓梯，這時，正有一個傴僂的人影，從樓梯的一角轉出來，慢慢向樓梯走來。

那人來到了樓梯口，高翔和木蘭花已經可以看到，他是一個滿面皺紋的老者，那老者至少有七十歲了，他的行動極其遲緩，來到了樓梯口之後，停了一停，伸出手來，摸索著。

當他摸到了樓梯的扶手之後，他才按著扶手，慢慢向上走著。

在那樣古老的屋子中，在靜得一點聲音也沒有的情形下，又是在黑暗之中，突然看到了這樣幽靈似地一個人物，木蘭花和高翔雖然不致於害怕，但是也不免有一種異樣的詭異之感！

那人的動作真是慢得可以，他慢慢地一級一級向樓梯上走著，彷彿時間對他來說，全然不是什麼問題，他不知有多少時間可供消磨一樣。

木蘭花慢慢拉開了門，她和高翔一起向外走去，木蘭花走在前面，高翔在後跟著，他們的行動，也十分小心和遲緩。

可是，高翔究竟不是習慣於如此慢動作的人，他在走出了幾步之後，伸手扶住了身旁的一隻架子。

當他伸手去扶那架子之際，他也未曾看到架子上是什麼，他的手才一扶了上去，架子搖了一搖，高翔連忙縮回手來，但是，也就在那電光石火的一剎間，就在高翔的身邊，發出了一下極其難聽的怪叫聲來。

即使是木蘭花，突然之間聽到了那一下怪叫聲，也不禁陡地嚇了一跳。

高翔在剎那間，更是身子發僵，不知應如何才好。

隨著那一下怪叫聲，便是一陣「撲撲撲」的聲響，木蘭花在那時，已經定過神來，伸手一拉高翔，高翔後退了一步。

他們兩人這才看清，那桌子上，是一隻很大的鳥籠，鳥籠上罩著布，從剛才那一下怪叫聲和現在的撲翅聲聽來，籠中養的，可能是一隻鸚鵡。

這時，鳥籠中又發出了幾下叫聲，在樓梯上的那老者，也站住了身子，轉過身來。

木蘭花和高翔根本連躲起來的機會也沒有，他們只好站著。

而當那老者轉過身來之後，只聽得他用蒼老的聲音叱道：「小安子，別出聲！」

那鸚鵡還是不斷在籠中撲著，叫著，那老者已從樓梯上走了下來，這時候，木蘭花和高翔就站在鳥籠旁不遠處。

當那老者自樓梯上走下來之際，他和木蘭花、高翔相距也只不過七八尺，屋子中雖然黑暗，但是，有兩個人站著，那老者無論如何應該發現的了！木蘭花和高翔也早已準備那老者向自己喝問是什麼人了。

然而，那老者下了樓梯，向前走來時，卻像是完全未曾看到木蘭花和高翔，他一面向前走著，一面道：「小安子，別吵！」

「小安子」聽來像是那鸚鵡的名字，而當那老者來到了鸚鵡籠的時候，伸手在籠上拍了拍，鸚鵡突然又叫了一聲：「老爺回來了！」

那鸚鵡顯然是受過訓練的，講起話來，十分清楚，木蘭花和高翔都可以聽得很清楚。那老者也陡地一呆，又轉過身來。

這時，木蘭花和高翔離那老者只不過四五尺，那老者轉過身來時，又昂起了臉，是以，他們兩人可以看得十分清楚，那老者的雙眼之中，有著一重濃厚的灰白色的膜，他的眼珠，看來只是兩團淡淡的影子，他根本是個瞎子！

高翔和木蘭花互望了一眼，兩人立時屏住了氣息，只見那老者側著頭，道：「誰？誰在這裏？老爺，你回來了麼？」

高翔和木蘭花仍然不出聲。

偷進文義路十七號來，竟會遇到那樣的情形，那是他們事先絕想不到的，這時，他們除了屏住氣息之外，也想不出有什麼別的應付方法來。

那老者在問了兩聲之後，又側著頭，呆了半晌，才自言自語地道：「唉，人全上哪裏去了？一個一個不見了，只剩下我一個瞎老頭子！」

他一面說著，一面又緩慢地向樓梯上走去。

木蘭花和高翔互望了一眼，木蘭花向門口指了指，高翔立時會意，兩人又悄悄退進了書房中，從窗口攀了出去。

他們爬出了圍牆，來到了大門，木蘭花伸手按鈴，他們都聽到鈴聲在屋內響著，過了好久，才看到那老者急急地向外走來。

那老者的手中，握著一根竹杖，左點、右點，急急地走來，一面口中還在道：「來了！來了！老爺，是你回來了麼？」

等那老者來到了鐵門口，高翔才道：「請你開門，我們是警局來的——」

那老者呆了一呆，道：「甚麼？警局來的？有什麼事？」

「這屋子裏還有什麼人？」高翔問：「你是瞎子？」

那老者點著頭，道：「我從二十歲起，眼睛就看不到東西了，我在這裏住了五十多年了！」

木蘭花道：「如果你不願意開門——」

那老者現出十分抱歉的神色來，道：「請不要怪我，只有我一個人在，我不知道你們是什麼人，我自然不能隨便開門。」

木蘭花說道：「不要緊，但是我們要問你幾句話。」

那老者點頭道：「可以的。」

木蘭花道：「你們老爺，你的主人，叫什麼名字？」

那老者猶豫了一下，才說道：「他姓玉，叫玉商。」

高翔皺著眉，道：「姓什麼？」

「姓玉，」老者回答，「他是旗人，是七貝勒的後代，後來，滿清倒了，沒有了皇上，也沒有貝勒了，他也離了京。」

高翔和木蘭花互望了一眼，死在珠寶公司的那老者，原來是一個滿清的貴族，那就難怪他擁有清宮的珍藏了！

高翔忙又說道：「你們老爺已經死了！」

那老者一聽，發出了「啊」地一聲，他雙手握住了鐵門上的鐵枝，身子在不由自主地發著抖，好一會說不出話來，只是發著抖。

過了好一會，他才顫聲道：「我……早就知道事情不對頭了，老爺那一天出去之後，一直沒有回來，後來，阿彩也不見了，阿根也開著車子走了，花匠也不來了，只剩下了我一個人。」

木蘭花問道：「你的主人平時和什麼人來往多些？」

那老僕顫聲道：「老爺是一個怪人，他很少出門，幾乎什麼人也不來往，他至多在花園中走一走，大部分時間只是玩古董。」

「你是什麼時候起跟他的？」

「我從小就跟著老爺，很早了，我們家祖傳是老爺家的僕人。」老僕哭了起來，淚水順著他的臉上皺紋淌下來，看來十分淒涼。

木蘭花再問道：「他一個親人也沒有？」

那老僕搖著頭，道：「沒有。」

木蘭花和高翔不由自主嘆了一口氣，他們在找到了文義路十七號的地址之際，滿以為已找到了一絲重要的線索。他們也以為憑藉那一絲線索，找出那隻碧玉船究竟是落在什麼人的手中，可是現在看來，眼前仍然是一團漆黑！

高翔已經幾乎轉身要走了，但是木蘭花還在問道：「你想想，你們老爺，難道一個外人也未曾接觸過？想出一個來也好的！」

那老僕側頭想著，道：「有，一家飯店的一個伙計，老爺喜歡吃他們的蟹肉麵，是他送來的，老爺有時也和他說幾句話。」

木蘭花和高翔兩人苦笑著。因為，那個送外賣的伙計早就死了！

高翔道：「這裏曾經有一個管家，是不是？」

老僕道：「管家？噢，是的，那是好多年之前的事了，總有十年八年了，後來，老爺發現管家盜賣了他一件古董，他就將管家趕走了，以後，屋子裏一切事情，就全由我來打理了。」

木蘭花道：「你眼睛看不見東西，方便麼？」

老僕淒然地笑著，道：「當然不如亮眼人方便，但是我在屋中已住了五十多年，每一個角落，我都已經摸熟了啊！」

木蘭花道：「你再想一想，你老爺還曾和什麼人有過接觸？」

老僕皺著眉，欷歔著，過了半晌，他才道：「他曾和一個姓秦的人，打過幾次電話，那姓秦的人叫……叫秦聯發，是一個什麼師！」

高翔和木蘭花兩人陡地一呆，秦聯發，這名字他們絕不陌生，而且，老僕雖然語音不詳，未曾說出那秦聯發的身分來，但是他們兩人都可以知道，那秦聯發，是本市一個著名的律師。

既然玉老爺曾和秦律師通過電話，那麼，至少可以說不是全沒有線索了！

木蘭花道：「謝謝你，噢，還有，你本身可有什麼親人沒有？」

老僕點頭道：「有，我有一個姪子！」

木蘭花和高翔大感興趣，道：「哦，他在什麼地方？」

老僕道：「他在外地經商，好像是經營加拿大的木材生意，生意做得很大，他一直要接我出去享福，但是我不願離開老爺。」

「你的姪子叫什麼名字？」

「他叫葉安。」老僕回答。

「他見過玉商老爺？」

「很小的時候見過，那時他只有六七歲，後來就一直未曾見過了，兩位，玉老爺是怎麼死的？那天他走的時候，還是高高興興的啊！」

木蘭花嘆了一聲，道：「他是心臟病發作死的，葉老先生，我再問你一件事，你可知道，玉老爺的古董之中，有一件最值錢的，是一隻碧玉雕成的船？」

老僕苦笑，搖著頭道：「我不知道，老爺的古董很多，而我眼瞎了，什麼也看不到，當然不知道有些什麼古董。」

木蘭花道：「好，打擾你了，現在玉老爺死了，你有什麼打算？」

老僕苦笑著，道：「我有什麼辦法，兩位可以不可以幫我找找我的姪子，我只知道他在加拿大經商，連他在什麼地方我也不知道！」

那老僕的神情是如此孤苦無依，是以木蘭花和高翔心中也不禁惻然，高翔道：「好的，反正有名有姓，可以找到他的。」

老僕抹著淚，木然而立。高翔和木蘭花告辭離去。

4　一線曙光

他們回到了警局，高翔立時吩咐了一個警官，用電話和秦大律師連絡，木蘭花則在辦公室中，緊蹙雙眉，踱來踱去。

不一會，警官來報告，說是秦大律師有應酬，要很晚才回來，已經通知了秦律師的家人，一回來，立時和高主任聯絡。

高翔揮了揮手，令警官走了出去，然後，他嘆了一口氣，道：「蘭花，我們以前可曾遇到過比這件事更扎手一點的案子過麼？」

木蘭花抬起頭來，苦笑了一下，道：「可以說沒有。」

高翔重重地一掌擊在桌上，道：「其實，我們已經掌握了不少線索了，對方是怎樣佈下騙局，騙走碧玉船的經過，我們也知道了！」

「是啊，」木蘭花仍然踱著步，「可是事情是什麼人做的，卻完全不著邊際，根據我們的推斷，應該是一個和玉老爺有長久的接觸，對他十分了解的人！」

高翔道：「可是實際上，並沒有一個那樣的人存在，有的話，只是那個瞎眼老僕，可是，他難道會做出那樣的事情來？」

木蘭花的眉打著結，一聲不出。

過了好一會，木蘭花才道：「我看事情要等到和秦律師聯絡之後才有眉目，我們現在來瞎猜，也沒有用處的。」

高翔唉聲嘆氣，木蘭花自然知道他心頭的沉重，因為那隻碧玉船是在他的辦公室中失去的，而且，失竊的經過，還使高翔蒙受著最大的嫌疑！

如果不追回那隻碧玉船來，就算憑著高翔過去在工作上的威信，方局長不說什麼，別的警務人員也不說什麼，但是，這層嫌疑卻是也難以洗刷得清的！在那樣的情形下，高翔這個「特別工作室主任」的職務，就算沒有人要他停頓，他自己幹下去，也實在沒有味道的了。

在高翔而言，在不在警界服務都不成問題，問題就是，他絕不能在如此不明不白的情形下離開崗位！

木蘭花不斷地踱著步，她覺得在這件事上，她遭遇到的是一片黑暗。

自然，這一片黑暗，全是人為的，那是由於他們對手巧妙無比的安排，那種安排，幾乎是無隙可擊的，是以才令得木蘭花一點頭緒也找不到。

木蘭花也曾想過，是不是自己的推斷錯了呢，做這件事的人，可能根本和玉商老爺沒有關係，但那顯然是沒有可能的。

因為和玉商老爺沒有關係的人，斷然不會知道那艘翡翠船在，也不會知道玉老爺的地址，而接連殺了七個曾見過玉老爺的人。

一切全算計得那樣精密，這個人，一定是深知玉老爺的人！

可是，根據那老僕的說法，卻又根本沒有這樣的一個人！

木蘭花一想到這裏，心頭不禁陡地一動，她立時抬起頭來，說道：「高翔，你覺得那老僕靠得住麼？」

高翔呆了一呆，道：「沒有懷疑他的理由。」

木蘭花像是在自言自語，道：「可是，一定有一個和玉老爺很接近的人在，但是為什麼在那老僕的口中卻什麼也問不出來？」

高翔吸了一口氣，壓低了聲音道：「蘭花，會不會這個人就是秦律師？」

木蘭花望定了高翔，這也是沒有可能的事，秦律師是如此知名的人物，難道他會知法犯法？可是，這已是最後的懷疑了！

木蘭花嘆了一聲，道：「高翔，一直到現在為止，我有被人牽著鼻子團團轉的感覺，我們一點也摸不到事實的真相！」

高翔報以苦笑，木蘭花的感覺，自然也就是他的感覺，現在，那隻翡翠船如同石沉大海一樣，一點線索也捉摸不到！而他們在做的事，卻是一點用處也沒有！

他們在辦公室中反覆地討論著，可是卻仍然沒有一點頭緒，直到凌晨兩點，秦律師的電話來了，高翔忙道：「秦律師，請你到警局來一次！」

「什麼事情？」秦聯發的聲音透著不願意，「現在已經是深夜了！」

「請你一定要來，這是一件極重大的案子，我派警車來接你，很可能還要到你的事務所去，請你和警方保持合作！」

秦聯發無可奈何地道：「好吧！」

高翔派出了警車，半小時後，神態十分疲倦的秦聯發，走進了高翔的辦公室，秦聯發是認識木蘭花的，他和木蘭花打了一個招呼。

高翔立時問道：「秦律師，在你的熟人中，有個人叫玉商，玉石的玉，商業的商，這是一個古怪的名字，你想得起麼？」

秦聯發皺著眉，在想著。

高翔和木蘭花都在緊張地等待著他的回答。

秦聯發想了一兩分鐘，才道：「是，好像有這樣一個人，他曾委託我立過一張遺囑。」

高翔和木蘭花齊聲道：「你見過他？」

秦聯發卻搖著頭，道：「沒有，他是在電話內和我聯絡過的。」

木蘭花皺了皺眉，道：「這好像不很對吧，一般來說，一個人的遺囑，如果沒有他親筆的簽名，是不能成立的，你怎麼能夠不見當事人的面？」

秦大律師卻笑了一下，道：「是的，一般來說，很少當事人不和律師見面就訂遺囑的例子，但是世界上有各種各樣的人，每一個人也都有他不同的想法，我自然不能勉強任何人，玉先生的遺囑，是經過他自己簽字的，那是我準備好了文件之後，由他派人拿去，看了之後表示滿意，簽了字又交回給我的。」

木蘭花和高翔互望了一眼，木蘭花道：「秦律師，你可記得，到你這裏來取文件的是什麼人？」

「是玉先生的一個管家和一個女傭。」秦聯發突然又笑了起來，「妙得很，那位管家，竟然是一個瞎子，真是怪得可以。」

木蘭花和高翔兩人深深吸了一口氣，秦聯發說的那個管家，他們是已經見過了的，並且曾和他談過話，秦聯發現在又那樣說，那麼這個管家的身分，自然是不能有假的了。

高翔停了半晌，才道：「現在須要知道這份遺囑的內容，是不是可以！」

秦大律師皺起了雙眉，道：「高主任，你的要求很令我為難，如果我的當事人沒有死，我是無權公開他所立下的遺囑的。」

高翔連忙說道：「秦律師，你的當事人已經死了！」

秦聯發「啊」地一聲，道：「是麼？那是什麼時候的事情？他的管家為什麼不通知我？」

高翔道：「他的管家也是最近才知道玉商的死訊，我想他一定會和你聯絡的，我只提出一個小小的要求，在公開遺囑的時候，讓我們到場。」

秦聯發點一點頭，道：「沒有問題，我會通知你的。」

木蘭花和高翔覺得沒有什麼可以再問下去的了，他們送秦大律師離去，自己也驅車回家，一路上，他們都一言不發。

他們的心頭都很沉重，因為直到如今為止，這件事他們還一點頭緒也沒有。他們只知道那是一件深謀遠慮，周詳之極的罪案，周詳得簡直是無懈可擊的，可是，主持這件罪案的究竟是什麼人，他們卻絕無線索！

那罪案的主持人，不但連續謀殺了七個人，而且，還設計了極其巧妙的騙局，騙走了那價值連城的碧玉船，而木蘭花和高翔連日來幾乎已全力以赴，卻仍是茫然沒有頭緒。

汽車在黑暗的公路上疾馳，就這件案子而言，他們兩人的眼前，也是一片黑暗！

秦聯發律師事務所打來的電話，是由安妮聽的，安妮叫醒了還在睡鄉中的木蘭花和高翔，高翔拿過電話來，只講了幾句話，就忙著準備出門。

安妮望著高翔和木蘭花，她的心中十分納罕，她幾次想要發問，可是看到木蘭花和高翔那極匆忙的樣子，她卻沒有問出口。

但是，木蘭花和高翔是很少那麼匆忙的，所以安妮心中的疑惑也越來越甚。

木蘭花也早已看出了安妮的心事，是以她在將出門的時候，伸手在安妮的肩頭上拍了拍，道：「安妮，我們要到秦聯發律師事務所去，你心中的疑問，等我們回來之後，再和你詳細解說！」

安妮咬著手指，點了點頭。

木蘭花和高翔兩人在二十分鐘之後，到達了秦聯發律師事務所，秦律師將他們兩人迎了進去，道：「我已經派人去請那位瞎子管家來了，遺囑上說明，在立遺囑人死了之後，要在他的家人前開讀遺囑，他的所謂家人，其實就是受他僱傭的幾個僕人！」

秦律師講到這裏，揚了揚眉道：「可是現在，經過調查，玉商生前所僱用的僕人，竟全都死了，只有那姓葉的管家還在！」

高翔和木蘭花都不出聲，他們早已知道了這一點，也知道秦律師口中，那「姓葉的管家」，就是他們昨天見過的那位盲老僕。

他坐了下來，秦律師又處理了一些公務，過了不多久，兩個律師事務所的職員，扶著那個盲老僕走了進來。

那盲老僕摸索著，在一個職員的帶領下，在一張椅子上坐了下來，然後昂起了頭。

秦律師打開了一隻很大的保險箱，取出了一隻文件袋來，他打開了文件來，清了清喉嚨，道：「葉先生，你的主人玉商先生死了，現在，讓我來開讀他的遺囑。」

盲老僕喃喃地道：「老爺死得太突然了！」

秦律師打開了一隻牛皮紙的信封，取出了一份文件來，看了一看，緩緩地道：「我，玉商，立此遺囑，我的財產，就是我居住的屋子，和屋中的一切，在我死後，這一切給曾服侍我的人均分，他們是林阿彩、陳阿根、葉山三人。朱文勤曾當我的管家，雖然他因為犯過失而被開除，仍可以得到一萬元現金的餽贈。我特別喜歡金吉，他是餐室的伙計，他可以獲贈現金十萬元，如果我遺產繼承人在我死後已然去世，他所得的一份，將由其他繼承人均分，直到最後一人。立遺囑人玉商。」

秦律師讀到這裏，略頓了一頓。

高翔緊蹙著眉，而木蘭花的臉上，則現出了一種十分怪異的神色來。

盲老僕的神情，顯得十分激動，他仍在喃喃地道：「老爺對我們太好了，老爺對我們實在是太好了！」

秦律師咳嗽了一聲，叫道：「葉山！」

盲老僕站了起來，道：「在！」

秦律師道：「經過我們的調查，玉商的其他遺產繼承人都已死亡，所以實際上，你是他唯一遺產承繼人了，恭喜你獲得遺產，葉山先生！」

盲老僕葉山揚起手來，他的手在微微發著抖，他的口唇在顫動著，看他的樣子，像是一時之間，他激動得不知該說什麼才好！

也就在這時候，木蘭花突然握著高翔的手，兩人一起站了起來，木蘭花向秦律師作了一個手勢，示意他們兩人要告別了，但不必驚動葉山。

秦律師點了點頭，木蘭花和高翔悄悄地退了出去，他們一直不開口，駕車回到家中，安妮驚駭地道：「怎麼那麼快就回來了！」

木蘭花在歸途中，眉心一直在打著結，可是這時候，她卻若無其事地笑了起來，道：「我是怕妳心急啊，來，安妮，我將這件奇事，從頭到尾講給妳聽！」

高翔望了木蘭花一眼，他心中在想，看木蘭花在歸途中的神情，分明仍是一點頭緒也沒有，何以她此際竟然有興緻去替安妮講述事情的始末了呢？

但是高翔卻並沒有出聲，他知道木蘭花既然決定了要做什麼，是誰也阻止不來的。

他們在客廳中坐了下來，木蘭花將事情原原本本講了一遍，從玉商猝然病發，死在珠寶公司的經理室處，一直講到杜亭造訪高翔，高翔中計，價值連城的翡翠船被騙，以及他們發現了玉商的身分，再講到秦律師開讀遺囑的經過。

這其間的許多經過，有的安妮是已經知道了的，但有很多情形，她還是第一次聽到，是以她聽得十分出神，不斷地咬著指甲。

講完之後，木蘭花微微嘆了一聲道：「安妮，這件事，到現在為止，我和高翔一點頭緒也沒有，妳有什麼意見？」

聽到木蘭花問她意見，安妮的臉立時紅了起來，那是因為她被信任而興奮，她畢竟已不是一個孩子了，她喜歡被別人信任。

她也不再咬手指，她想了一想，道：「照那樣的情形看來，嫌疑最大的，自然是那個唯一繼承人葉山！」

木蘭花微笑道：「理由呢？」

安妮道：「理由之一，那張遺囑，是秦律師根據玉商抄好了之後，由葉山帶回去簽字，又送回律師事務所的，他就有可能知道遺囑的內容。」

高翔張了張口，像是想說什麼，但是木蘭花立時向他做了一個手勢，示意他不要打斷安妮的話。

安妮又道：「理由之二，現在遺囑的繼承人全死了，只有他一個人才能得到最大的益處。理由之三，設計騙局，謀害人命的人，一定要深知玉商的生活情形，和他日常接觸的人，那樣的人，只有葉山一個！」

木蘭花緩緩地吸了一口氣，道：「你分析得很有理由，可是妳彷彿忘記了一件事，葉山是一個瞎子，一個瞎子能做那麼多事？」

安妮呆了一呆，眨著眼，對於木蘭花的這一點懸疑，她也無法解釋，過了好一會，她才道：「葉山可以利用別人來進行，在那個騙局之中，至少有三個人合作，可知葉山一定是有同黨的。」

高翔搶著道：「安妮的分析很有道理，在一聽到了玉商遺囑的內容之後，我也有相同的看法。」

木蘭花站了起來，來回踱了幾步，道：「我想這件事，已經有了一線陽光了，我們可以肯定說，如果葉山不是這件罪案的主持人，那麼，他日間必遭殺害，兩者必居其一！」

高翔和安妮一起吃驚道：「這……第二個結論，是根據什麼得來的？」

木蘭花的語調十分緩慢，她道：「葉山如果不是罪案的主持人，那麼他憑空得了偌大的遺產，罪案的主持人又沒有什麼好處，自然想在他的手中得回遺產來，所以一定要殺死他！」

安妮忙道：「蘭花姐，你別忘了那隻翡翠船，罪案的主持人已得到了那艘翡翠船，他何必還去看中那幢房子？」

木蘭花嘆了一聲，道：「對，所有的犯罪者都是貪得無厭的，而如果有一個心中知足的犯罪者，罪案也就一定棘手得多，如果罪案的主持人，目的只在於那艘翡翠船，肯放棄其他的東西，那麼，我們可能永遠也不能破獲這件案件了！」

木蘭花的話，令得高翔的心頭十分凝重。

那艘翡翠船在他辦公室中失竊，而且失竊時的情形又如此異特，憑著他過去在工作上的威信，在一個短時期內，自然是不會有人說什麼的。但如果案子一直拖下去，或者正如木蘭花所說的那樣，真的不能破獲的話，那麼，就難免傳播出去，蜚短流長，說他的不是了！

所以，高翔在聽了木蘭花的話後，不禁長嘆了一聲。

木蘭花望著高翔，道：「不管怎樣，葉山總是最值得我們注意的目標，你得多派人，日夜不停監視葉山的一舉一動，如果有人要害他，也可以保護他！」

高翔點了點頭，站了起來，道：「好的，我到警局去部署一切，蘭花，你——」

木蘭花搖頭道：「我不想出去了！」

高翔無可奈何地笑了一下，轉身向外走了出去，當他駕車離去的時候，安妮道：「蘭花姐，高翔哥好像有點心神不安？」

木蘭花嘆了一聲，道：「是的，因為這件事如果不解決，對他的名望有很大的影響，安妮，除了葉山以外，你看還有什麼人有嫌疑？」

安妮似乎不假思索，立即道：「珠寶公司的經理。」

木蘭花呆了一呆，道：「安妮，你怎麼會懷疑那珠寶公司的經理？」

安妮有點慚愧地笑了一笑，道：「那……那只不過是我的假設。」

木蘭花立時鼓勵她，道：「把你的假設都說出來。」

安妮道：「玉商不和外人接觸，他最大的嗜好，就是古董，一個收集古玩的人，總是想知道他所收集的東西，究竟有多少價值的。在那樣的情形下，他是不是有可能和珠寶公司的人常聯絡呢？」

木蘭花陡地站了起來，大聲道：「你說得對，安妮，我忽略了這一點。走，我和你一起到本市各大珠寶古玩店去問一問，或者可以找出一點眉目來，我可以肯定，玉商猝斃的那家珠寶公司的經理，沒有問題，因為我深知他的為人，但是玉商也可能去過別家珠寶公司，或是古玩店的，快走！」

木蘭花拉著安妮的手，步出了客廳。

一整天，木蘭花和安妮在本市有名望的，大規模的珠寶公司中進出著。這些珠寶、古玩公司的主持人，都認得大名鼎鼎的女黑俠木蘭花，所以，木蘭花拜訪，也得到他們充分地合作。

可是一直到晚上八時，她們回家時，她們這一天的忙碌，算是白忙了，沒有一個人認識玉商，只有一家古玩商店，說他們曾買進過一串朝珠，是四十顆第一流的珍珠串成的，根據形容，出賣者可能就是玉商，但那已是好幾年之前的事了！

那串朝珠的價值自然不菲。出售者堅持要全部現鈔，那也有可能是玉商要來維持他生活的。這一次，玉商要出售翡翠船，更有可能是他出售朝珠的錢已經用完了的緣故。

當她們回到家中的時候，高翔也回來了。

高翔一看到木蘭花和安妮，就道：「我已派人去監視葉山的行動，在律師事務所，葉山已打了電報，給他在加拿大經商的姪子葉安，叫葉安立即到本市來。」

木蘭花揚了揚眉，問道：「那個葉安的情形怎樣？」

「我已調查到了，葉安在加拿大，並不是如葉山說，是經營木材的，他只不過在加拿大北部的一個伐木場附近，開設一家小商店！」
木蘭花呆了一呆，道：「他是葉山的唯一親人，那麼，如果葉山有了什麼三長兩短，玉商的遺產就是他的了！」
高翔苦笑了一下，道：「我也想到這一點，可是他一直在加拿大，而且如果他回來之後，葉山就死了，那麼，他自然受嫌最大了！」
木蘭花不出聲，就在這時，高翔身邊的一具無線電對講機，突然發出了「嘟嘟」的聲音，高翔拉長了天線，道：「有什麼情況？」
通訊儀傳出一個很沉著的聲音，道：「高主任，葉山回來之後不久，就有兩個人走進了那屋子，他們還沒有出來，已逗留了五分鐘。」
高翔陡地一呆，忙問道：「是兩個什麼樣子的人？」
「樣子很普通，他們按了門鈴，我看到葉山走出來，是葉山開門讓他們進去的，看來是葉山的熟人！」
木蘭花立即道：「我是木蘭花，你有沒有弄錯，葉山是瞎子，他怎知這按門鈴的是什麼人？那兩個人有沒有和葉山交談？」
「沒有，絕對沒有，我看得很清楚。」
高翔和木蘭花互望了一眼，兩人同時道：「繼續監視，我們立即就來。」

高翔「啪」地按下了天線，木蘭花和安妮已經到了門口，高翔急步追了上去，三人一起上了車。木蘭花駕著車，以最高速度向前駛去。

車子到了文義路玉商的住宅門前停了下來。

一個探員從牆角處奔了過來，高翔才一打開車門，那探員就道：「那兩個人還沒有出來！」

高翔點了點頭，他到鐵門前按鈴，等了半分鐘，房子內一點動靜也沒有。高翔和木蘭花一起爬過了鐵門，跳進了花園。

高翔在鐵門前停了停，道：「吩咐在場的弟兄，將整所屋子包圍！」

他話一說完，便和木蘭花一起奔進了屋子。

高翔才一推開大廳的門，就看到一個人，背對著門，坐在一張安樂椅上。

高翔大聲叫道：「葉山！」

那人依然坐著，一動也不動。木蘭花已迅速地轉到了那人的身前，當她來到那人的身前之際，木蘭花不禁陡地吸了一口氣！

那是一個死人！

那不但是一個死人，而且那人正是葉山！

木蘭花伸手按了按葉山的肌肉，肉還是軟的，看來像是才死去不久。

這時，高翔也已轉到了死者的面前，高翔只是望了已死的葉山一眼，立時便用無線電對講機下達命令，十分鐘後，大隊警員進了屋子。

當安妮跟警員一起進屋子時，看到了葉山的屍體，她也不禁吸了一口氣，道：「蘭花姐，你料得真準，他果然被人殺死了！」

高翔一面下達命令，搜查整幢屋子，一面將他派來的六個探員召來，六個探員之中，監視正門的一個，看到有兩個人進來，而監視後門的一個，則看到有兩個倒垃圾的工人自屋中離去，他並沒有查問。

一問到了這一點，高翔的心已涼了半截。

因為那證明兩個凶手在殺了葉山之後，已經走了。糟糕的是，在正門的那個探員和後門的那個，都沒有看清兩個人的面貌。

法醫也來了，證實死者是被窒息而死的，死亡的時間，在半小時之前，那兩個人就是殺害葉山的凶手，那是毫無疑問的事了！

在屋子中足足忙了一小時，自然沒有什麼結果。意外的發現，只是玉商生前古玩珍品蒐藏之豐富，實在是令人吃驚，那簡直是一間小型的博物館。這批珍品的價值之高，更是難以估計。

運走了葉山的屍體，高翔派了幾個警員駐守在屋子中。

這件怪案，已經有八個人斃命了，凶手公然在警員面前出入，甚至化裝成為高翔，進入警局，而發展至現在，仍然一點線索也沒有。

他們懷疑葉山是罪案的主持人，但現在葉山既然死了，自然他不會是罪案的主持人，然則，那又是什麼人呢？實在令人百思不得其解！

當警員陸續撤離之後，木蘭花、高翔和安妮就在玉商的屋子大廳中坐了下來，高翔嘆了一聲，道：「蘭花，事情實在太神秘了！」

木蘭花也嘆了一聲，那實在是極其少見的事，可是這時，木蘭花不但嘆著氣，而且還苦笑著，道：「我得承認，這個人的智力在我們之上。」

安妮咬著手指，木蘭花在說「這個人」，可是這個人究竟是什麼人，他們一無所知，他們只知道幕後有這樣的一個人在操縱一切！

木蘭花說完了這一句話，站了起來，來回踱著步，高翔抬頭望著木蘭花，過了半晌，他才說道：「葉山死了，這裏的一切，自然都是歸葉安所有的了！」

安妮道：「葉安是不能當作嫌疑分子的，因為他本人在加拿大！」

木蘭花忽然停了下來，道：「你可知道葉安什麼時候到本市來？」

望著大廳頂上垂下來的水晶燈，燈光很明亮。高翔覺得有點目眩。他閉上眼睛一會兒，道：「秦律師已和葉安取得了聯絡，他說立即動身前來。」

木蘭花像是在自言自語，道：「一個人如果遠在加拿大，而又能在這裏指揮一椿那樣十全十美的罪案，那是不可思議的事。」

高翔搖頭道：「那簡直不可能！」

木蘭花仍像是在自己問自己，道：「但是，除了他之外，還有什麼人能從葉山的死亡得到好處？為什麼還要謀殺葉山？」

高翔緩緩地道：「只有一個可能，葉山生前有事情瞞著我們，我們不知道，而又有人不想葉山洩露秘密，所以要將他殺死！」

木蘭花的雙眉蹙得更緊，她道：「來，我們再到葉山的房間中，去好好搜一搜！」

高翔和安妮一起站了起來，他們來到了葉山的房間中，葉山是瞎子，他房間中，只有天花板上，有一盞沒有燈罩的燈，而且看來也有很久沒有用了。

他們著亮了燈，仔細地打量著葉山的房間。

葉山的房間，陳設極其簡單，只有一張床、一張桌子和一張椅子。在床下，有著兩口箱子，那張桌子根本沒有抽屜。

高翔俯身將兩那兩口箱子拉了出來，箱子中是一些舊衣服，有七兩金子，和一紮銀元，一共是五十枚，這自然是葉山的財產。

高翔和安妮抖開了每一件衣服，搜索著，木蘭花則在仔細搜查著那兩隻箱子。她在箱蓋的袋子中，找到了一隻信封。

那信封中，有一張發黃了的照片。高翔和安妮一起湊過來看，照片看得出，是在這幢房子的花園中拍的。

照片上，是葉山和一個七八歲大的小孩子。

那小孩子的旁邊，好像還有一個人，但是並不在照片之內，因為那小孩子的手打橫伸著，可以看得出，他還握著那個人的手。

那個在照片上看不見的人，可能也是一個小孩子，因為他的手不大，而照片上的那小孩子，正轉頭向旁邊望著，臉上的神情像是很焦切。

自然，這是一張失敗的照片。

木蘭花皺著眉，視線固定在那張照片上，足足有十多分鐘之久，才抬起頭來，高翔道：「那個孩子，自然是葉山的姪子了！」

木蘭花點頭道：「我想是。可是你可注意到，另外還有一個孩子。那孩子好像正想奔過來，一起和兩人拍照，但是沒有拍到他！」

「是啊！」安妮說：「那是為了什麼？」

木蘭花沉緩地道：「這個問題，倒很容易解釋，自然是他們利用照相機上的自拍掣拍這張相片的，以前的照相機沒有那麼進步，葉山是瞎子，不會擺弄相機，就由兩個孩子中的一個擺弄，可是那孩子的時間沒有算準。當他弄好了照相機，奔到兩個人的身邊時，照相機已經拍下了這張照片！」

木蘭花的解釋，正是合情合理的，高翔和安妮都點著頭。

木蘭花吁了一口氣，道：「我在整件案子中，始終覺得應該有一個人，是在這屋子中，熟悉玉商的一切的，但是卻一直找不到有這樣的一個人，現在總算找到了他，就是未曾攝進鏡頭的那個孩子——現在，自然也長大成人了，就是他！」

高翔苦笑道：「他是誰啊？」

木蘭花卻充滿了信心地道：「現在，我自然還不知道他是誰，但是有這樣的一個人，是可以肯定的事，那就容易得多了！」

安妮道：「葉山自然是知道這個人是誰的！」

「當然知道。」木蘭花說：「可是他卻未曾向我們說，他隱瞞了那個人，卻也因之喪生，我猜想，那人和葉山一定有十分親密的關係。」

高翔拍了一下桌子，道：「葉山可能有兩個姪子！」

木蘭花抬起了頭道：「如果葉山有兩個姪子——」

她講到這裏，便沒有再講下去。但是高翔和安妮卻都知道，她的心中在想什麼，因為真是葉山有兩個姪子的話，一個去了加拿大，一個留在本市，但是留在本市的那個，正是罪案的主持人，那麼，去了加拿大的那個，回來之後，一樣有生命危險！

因為留在本市的那個，不將回來的殺死，他仍然沒有什麼好處。而木蘭花之所以不將下文說出來的緣故，是因為她想到這裏，又想到，那個罪案的主持人，實在是無法公然露面的。他蒙受著最大的嫌疑，如果他一露面，警方可以有七八條拘捕他的理由！

這條路，看來又有點行不通了。

木蘭花將照片放回了信封，除了這張照片之外，他們沒有別的發現。但是，那至少已使案子現出了一線的曙光！

5 唯一受益人

兩天後，葉安回到了本市，高翔，木蘭花和律師事務所的職員，在飛機場接到了葉安，就一起駛車來到了秦聯發的律師事務所。

進了律師事務所之後，秦大律師只用了半小時，便將所有事情的來龍去脈，全部告訴了葉安，而葉安只是靜靜地聽著。

在那半小時之內，木蘭花和高翔都運用他們敏銳的觀察力，觀察著葉安。

葉安的樣子很老實，看來是一個正在辛勤工作，但仍然未曾得到成功的商人。

葉安人不在本市，他不是那幾件凶殺和騙案的直接參加者，那是可以肯定的事，但是，事情發展到了現在，他成了唯一的受益人，那麼就十分值得引起重視了！

秦大律師將經過講完之後，又道：「葉先生，現在你已成了玉先生遺產的唯一繼承人，那房子和屋內的東西十分值錢，你成了大富翁了！」

葉安聽了秦大律師的話之後，好像並不感到什麼特別的歡喜，他只是苦笑著，搖了搖頭，道：「真是想不到，玉先生竟死得那麼的突然，而我的叔父——」

他講到這裏，難過地嘆了一口氣，沒有再講下去，只是搖了搖頭。

高翔望著他，道：「玉先生可以說死於自然，而你叔父的死，還十分離奇！」

葉安又嘆了一聲，道：「是不是有什麼人覬覦這筆龐大的遺產，是以才下毒手的呢？如果是這樣的話，那麼我豈不是很危險？」

秦律師插言道：「可以說是那樣！」

葉安皺起了眉，道：「如果是那樣的話，那麼，我看還是不住到那屋子去了，秦律師，我想委託你進行一件事。」

「可以的，什麼事？」秦聯發問。

「我想請你將那幢屋子中的財產清點一下，替我盡快賣出去，就是便宜一點也不要緊，我不想在這裏久留，我要回加拿大去！」

木蘭花和高翔一聽得葉安那樣說法，不禁陡地一呆。

而葉安又在問道：「這屋子和屋中的一切，我有權變賣的，是不是？」

秦律師回答道：「是的，你完全有權變賣，我也可以代你辦這件事。」

葉安回頭向高翔和木蘭花望來，道：「不知道兩位還有什麼問題？如果沒有問題的話，我想回到酒店中去休息了，可以麼？」

高翔和木蘭花同時吸了一口氣。他們都覺得，他們遇到了一個十分棘手的問題了！

他們也曾想到過，如果葉安是一切事件的幕後主使人，那麼他一來到本市，接過了遺產之後，如果變賣遺產，那多少會有一點顧忌，他們再也未曾想到，葉安會公開在他們的面前，立即就提出了變賣遺產的要求。

這一來，葉安的嫌疑自然更來得大些，但是，他在所有事情發生的時候，人在加拿大，而他變賣遺產，又有充分的理由，不論他的嫌疑多大，他可以帶著變賣財產所得的錢回加拿大去，而警方對他無可奈何！

當葉安那樣問高翔的時候，高翔的心中只好苦笑，但是他立即道：「還有一個小小的問題，請問你，這個人是誰？」

高翔一面說，一面已摸出了那張發了黃的相片來，葉安接過相片來，看了一看，道：「一個是我叔叔，另一個就是我了！」

高翔沉聲道：「我的意思，是指你望著的那個人！」

葉安呆了一呆，像是不明白高翔那麼問，是什麼意思，他道：「我望著那人？」

「是的，那人不在照片之內，但是可以看到他的一隻手，你看到麼？這個人能和你們一齊拍照，雖然事隔多年，我想你應該仍然記得起的！」

葉安雙眉蹙得十分緊，道：「這倒真考人了，這張照片拍的時候，我還很小，你看，不到十歲，那個人……那個人……哦，我記起來了！」

高翔忙問道：「是什麼人？」

葉安笑道：「是鄰家的一個小孩子，時時和我在一起玩的，那天他剛好和我在一起玩，就拉了他來一起拍照，反正我叔叔是瞎子，多了一個人，他也不知道，可是他卻又沒有被拍進去！」

高翔聽得葉安那樣回答，不禁大失所望，他連忙向木蘭花望去，木蘭花卻像是頗有所得道：「原來是這樣，謝謝你，要不要我們送你到酒店去？」

葉安有禮貌地道：「不用了！」

木蘭花和高翔向秦律師告別，和葉安一起離開了事務所，他們在門口分了手，高翔看著葉安離去，他嘆了一聲，道：「一點收穫也沒有！」

木蘭花望著街上川流不息的車輛，呆了片刻，道：「不，有很大的收穫！」

高翔道：「有什麼收穫？葉安要變賣一切，將錢帶走，也有他充足的理由，而且，他有權那樣做，誰也不能阻止他的。」

木蘭花道：「我不是指這一點而論，我所說的收穫，是我已可以肯定了一點，那就是葉安在騙我們，他有事情瞞著我們！」

高翔呆了一呆，道：「哪一方面？」

木蘭花道：「他的謊話，其實是很容易戳穿的，他說照片外的另一個人，是鄰家的孩子，可是照片卻是在玉商的花園裏拍攝的，你想想，以玉商那種孤僻之極的人，怎會容許一個鄰家的孩子到他的花園中來玩？那簡直是不可能的事！」

高翔「啊」地一聲，道：「對啊，那你為什麼不當面點穿他？」

「我何必當面點穿他？」木蘭花笑道：「我當面說穿了，他又可以找出很多新的理由來搪塞，不如讓他以為我們已被他騙過去了好。」

高翔吸了一口氣，道：「蘭花，你看那個神秘人物是什麼人？他和他叔叔，為什麼要隱瞞著那人，不對別人提起？為什麼？」

木蘭花搖著頭，道：「我不知道那人是什麼人，也不知道他們為什麼要隱瞞，但是，我可以肯定的是，這個神秘人物，一定是所有事件的主角！」

高翔恨恨地道：「葉安也太可惡了，他明明知道那人是什麼人，卻不肯對我們說。」

木蘭花笑了一下，道：「他不說，我們也可以查得出來，高翔，你去調查一下，葉安住在什麼地方，派人日夜不停在暗中監視著他，截聽他打出去的一切電話，如果事情沒有他的份，那神秘人物還會害他！」

高翔點著頭，他也和木蘭花分了手。

木蘭花先回到了家中，發現穆秀珍和安妮兩人正在花園中修整草地，兩人都是滿頭大汗，穆秀珍一看到木蘭花，就跳了過來，道：「蘭花姐，怎樣麼，那碧玉船找回來沒有？」

木蘭花嘆了一聲，道：「沒有，我想我已遇到了一宗設計得最完善，最無懈可擊，近乎十全十美的犯罪案了，唉，簡直一點破綻也找不到！」

安妮道：「今天，那個老僕的姪子葉安不是到了麼？他能提供什麼？」

「他提供了一個謊話！」木蘭花將葉安所說的話，講了一遍。

穆秀珍揮著手，道：「明知他在說謊，那還不好辦麼？將他扣起來慢慢審，自然會審出來的。」

木蘭花瞪了穆秀珍一眼，道：「你憑什麼將他扣起來？他簡直什麼也沒有幹，根本無法定他的罪，而且，講他說了謊，那也只不過是我的推論！」

穆秀珍生氣地瞪著眼，安妮咬著指甲。

木蘭花沒有說什麼，也參加整理草地的行列。

第二天，報上登出了「巨宅出售」的廣告，秦律師連夜整理了屋中值錢的東西，請專家估值，就在巨宅中陳列出售。

晚上，高翔從警局中回來，進門第一句話就道：「今天，全市的古董商幾乎全集中在一起了，玉商收藏品不但多，而且好，今天一天的交易額已達到七十多萬元，看來後天更轟動，估計連房子出售，葉安可以得到上千萬元！」

木蘭花的反應卻出奇地冷淡，她道：「那真不是一筆小數目啊，你派去監視葉安的人，有什麼報告？」

「有，可是沒有用！」高翔自口袋拿出了一份報告來，「葉安幾乎沒有什麼活動，只是等著收錢一樣，你看看！」

他將一張紙遞給了木蘭花，木蘭花接過紙來看了一遍，不禁皺了皺眉，真的，從那份報告來著，葉安可以說什麼活動也沒有！

報告上寫的是，葉安住在藍天酒店一個最便宜的單人房間中，整晚沒有出去，只要求侍者送晚餐到他房間去，和送去大量的報紙。

今天一天，葉安只打了兩個電話，全是打給秦聯發大律師的，當他聽到古董出售很順利，房子也有人在接頭的時候，他顯得很高興。

下午，他出去走了一遭，到處逛逛，買了一點東西，然後理髮，理髮之後，回到了酒店之中，沒有出來過，看情形已經睡了！

高翔攤著手道：「你看，不是什麼都沒有？」

木蘭花沉著聲，道：「繼續進行監視工作！」

高翔想說，就算繼續監視下去，也不會有什麼用處的，可是他卻沒有說出來。

第二天晚上，高翔又將報告交給了木蘭花，當他又將報告交給木蘭花之際，他臉上的神情更有點無可奈何了。

這兩天，葉安大部分時間在酒店，和秦聯發通了兩個電話，外出吃了兩餐，逛了兩小時街，看了一場電影，在看電影的時候，警員就在他後面，可以肯定沒有人和他接觸。

在傍晚時分，葉安到理髮店去洗頭，修面，然後回到酒店。

木蘭花在看完那份報告之後，說的還是那一句話，道：「繼續監視。」

高翔苦笑著，點了點頭。

第三天的監視報告，幾乎是前兩天的翻版，葉安在本市，像是一個熟人也沒有，他只是一個人逛街，看電影，在返回酒店之前，他到理髮店去洗頭，修面。

當木蘭花看完第三天的報告表之後，高翔實在忍不住了，他道：「蘭花，我看算了，我們應該放棄對葉安的監視了！」

木蘭花的神情極其訝異，道：「為什麼？」

高翔道：「一點用處也沒有啊！」

木蘭花嘆了一口氣，道：「高翔，你怎麼了？這三天的監視，我們已有極大的線索，怎麼你反倒說一點用處也沒有？」

高翔睜大了眼睛，他實在不明白木蘭花是在說笑，還是在說什麼，他搖著頭道：「我不明白，蘭花，我們沒有發現葉安跟任何人有所接觸！」

「是啊，」木蘭花靜靜地回答，「你說，那合理麼？」

高翔陡地一呆。

木蘭花又道：「葉安在這個城市長大的，雖然他離開了已有很多年，但是他不可能一個人也不認識。現在，他是一筆龐大財產的繼承人，他已經是一個大富翁了，可是他卻一個熟人也不去找，你說，這合乎人之常情麼？」

高翔張大了口，說不出話來。

任何人發了財，而且又是名正言順的財，總是希望能夠在昔日的朋友之前，好好炫耀一下的，可是，葉安為什麼會例外呢？

高翔自然知道答案的，只不過他以前根本沒有想到這一點而已，是以他立即道：「葉安知道警方懷疑他，所以他故意不和所有的人來往。」

木蘭花點著頭，道：「你只說對了一半！」

高翔詫異地道：「一半？」

「是的，事實上，他已經和他要接觸的人，有過多次接觸了！」

「那不可能的！」高翔嚷叫了起來，「除非和他接觸的人是秦聯發。不然，我派去的人是最精明的，葉安如果和人接觸，一定瞞不過他們！」

「你派去的人或者很精明，但是葉安用的方法，卻極其巧妙，你看看，他每天都上理髮店去，這不是一件值得注意的事麼？」

高翔又是一呆，道：「或許他是一個特別愛整潔的人！」

木蘭花笑道：「一個在林區開設小商店的人，會有那樣的潔癖？」

高翔道：「你的意思是，在理髮店中，有人在和他聯絡，而我們完全不知道？」

「是的，」木蘭花道：「而且，你派去的人實在很粗心，你看，報告書上對於他去哪一家理髮店，一點不提，如果他一連三天去的，都是同一家理髮店，那麼，幾乎已可以肯定了！」

「那是很容易查明白的！」高翔立即說。

木蘭花微笑著。高翔又道：「查明了之後，我們將採什麼行動呢？」

木蘭花笑道：「派多點人去理髮！」

高翔又瞪大了眼睛，但是他明白，木蘭花那樣說，決不是在開玩笑！

美如理髮店在今天的生意特別好，多了將近二十個顧客，全是高翔派去的，而他們到理髮店去的最主要目的，就是將小型偷聽器，放在理髮椅下面。

到了下午五時，高翔和木蘭花經過了化裝，在理髮店旁邊的小巷中踱來踱去，他們不斷調節著手中的收聽儀器，他們可以清清楚楚地聽到每一張理髮椅上，顧客和理髮師的對話。

五點三十分，葉安走進了理髮店，高翔和木蘭花的神情都不免緊張了起來，他們花了一分鐘，就找到了葉安坐的那張椅子，聽到了葉安的聲音。

葉安的聲音很大，道：「洗頭，照老樣子，吹風。」
另一個聲音道：「是！」
接著，又是另一個聲音道、「先生，請抽煙！」然後，又是劃火柴的聲音，接著，又是一陣沉默，和洗搔頭皮的聲音。
高翔低聲道：「我要不要進去看看？」
木蘭花搖著頭，道：「先聽他們講些什麼。」
高翔和木蘭花才互相交談了一句，就聽得一個低沉的聲音道：「我們還要等待多久？」
葉安道：「快了，至多還有幾天工夫。」
木蘭花和高翔兩人聽了，精神陡地一振，這可以說是連日來，他們最興奮的一刻了，因為自從玉商突然死去之後，他們的眼前便是一片黑暗，直到這時，才算見到了一絲光明！
接著，又是那低沉的聲音，道：「你就好了，得了錢，可以回加拿大去享福，我就倒了霉，不能離開這裏，還得提心吊膽！」
葉安低聲地笑了起來，道：「你倒什麼霉？又沒有人知道你，根本沒有人知道有你這個人，瞎老頭子還在，你倒有一分危險，現在他也死了，你怕什麼，有了錢，足夠你快活逍遙的了！」

那低沉的聲聲音也笑了起來，這時候，木蘭花向高翔做了一個手勢，高翔推開了理髮店的門，走了進去，他看到葉安坐在理髮椅上，一個身形看來和葉安同樣大小的人，正在替他洗頭。

高翔一走進理髮店，幾乎就想拘捕葉安和那個人了，但是木蘭花緊跟著走了進來，卻拉了拉高翔的衣袖，又將他拉了出去。

理髮店中的人十分多，高翔和木蘭花的進來出去，並沒有惹起別人的注意，木蘭花看來也沒有做什麼，但事實上，她一走進理髮店時，便利用袖珍攝影機拍了一張照片。

當他們退出理髮店的時候，高翔忙道：「蘭花，現在還不出手將他們拘捕？」

木蘭花搖頭道：「還不是時候，我們還沒有掌握什麼充分的證據，反正他們絕不知道我們已找到了這條線索，只管等有了充分證據時再下手好了！」

高翔皺著眉，道：「什麼時候才能有充分的證據？」

「我們先跟蹤那個和葉安聯絡的人，調查他的來歷，我相信他和葉安的關係，一定十分密切，而且還有同黨，這一連串的罪案，一定是他幹出來的，別忘了，我們還要得回那隻碧玉船！」

高翔點著頭，他自然急於破獲那一連串的罪案，但是更急於找回那隻碧玉船來。

這時，偷聽器中，又傳出了葉安和那人的對話來。

葉安道：「我一來到本市，警方就有人和我在一起，就算得了錢之後，你也得安分些，別牽累了我！」

那人笑道：「放心，我不會牽累你的——先生，請過來洗頭！」

接著，便是葉安離椅而起的聲音，木蘭花道：「行了，我們可以回去了，我已拍了一張照片，將照片沖洗出來，我們就可以開始工作了。」

高翔和木蘭花出了巷子，上了車，直駛向警局。

半小時後，木蘭花攝得的照片，已被放大到兩尺長，一尺寬，照片上可以清楚地看到坐在理髮椅上的葉安，和正在替葉安洗頭的那理髮師。

那理髮師自然是整件連串案件中的主要人物，他看來約莫三十來歲，容貌很普通，他的笑容，給人以一種極度的虛偽之感，但是，卻又說不出所以然來，不明白何以他的笑容竟像是浮在臉上一樣。

他的膚色很黝黑，如果他一直是一個理髮師的話，那麼他一定十分愛好運動。

高翔下令，召來了幾個幹練的探員，一起來到了他的辦公室中，高翔指著那張相片，道：「我要你們去追查這個人的來龍去脈，不論他到什麼地方，你們都要跟蹤，弄清楚他在做什麼，和他來往的人，也要一一記錄下來，盡可能拍下照片來。」

高翔沒有向那幾個探員說是為了什麼，但是從高翔嚴肅的神情，沉緩的語調聽來，那幾個探員都可以知道，這是一件極其嚴重的案子。

高翔一吩咐完畢，他們就齊聲答應。

高翔又望了他們片刻，才道：「記得，絕不能讓他知道有人在監視著他！」

那幾個探員一起走了出去。

高翔長長地吁了口氣，他們總算已在一片黑暗之中，見到了一絲光明，而既然有了那一絲光明，那麼，離整件案子的水落石出，為期自然也不遠了！

木蘭花也感到了連日緊張之後的輕鬆，他們已經結好了網，只等魚兒來自投羅網了！

不多久，跟蹤葉安的探員，來了報告，報告書上記載的一切，仍然那麼平淡，看來像是什麼事情也沒有發生過，但高翔卻向木蘭花望了很久，他的眼光表示著他對木蘭花的欽佩。

在旁人看來，平淡得一點線索都沒有的報告書中，木蘭花卻找到了主要的破綻。葉安的安排，可以說是一點破綻也沒有的，但是犯罪分子卻不可能知道，有時候，「一點破綻也沒有」，本身就是一個大破綻！

巨宅售出了，古董清了，總共的數值，超過一千萬，葉安已在秦聯發律師事務所簽了字，拿到了這一大筆錢財。

那是高翔命人開始跟蹤那理髮師第二天的事。

而那一天跟蹤那個理髮師，和調查理髮師的結果，卻並不是十分完滿，那理髮師是幾天前才進入美如理髮店工作的，他的姓名是李根。

李根當然不可能是真名字，可是他的真名字是什麼，卻查不出來，他工作很勤懇，平時不怎麼愛講話，理髮店的老闆對他也很滿意。

這個李根，以前是做什麼的，沒有人知道，而且，他也沒有什麼熟人，他一個人租了一間小小的房間，同屋的住客，也說他是個好人——雖然他租下那間房間，也不過是幾天的事情。

從這樣的情形看來，李根像是為了和葉安聯絡，才突然冒出來的！

那天晚上，當高翔和木蘭花知道了葉安得了那筆巨款，已準備在明後天離開本市的時候，高翔的心中十分焦急，他在家中來回地踱來踱去，終於說道：「蘭花，要是讓葉安走了，就再也找不回來了！」

木蘭花深深地吸了一口氣，道：「可是，我們也不能不讓他走。」

高翔苦笑道：「我們還是失敗了！」

木蘭花卻答非所問，道：「真奇怪，這個……李根，是從什麼地方冒出來的呢？葉安和他的聯絡，是到了本市之後才開始的？」

「當然不是，」高翔憤然地說：「葉安和李根認識一定已很久了！」

「那就是說，」木蘭花頓了一頓，「當葉安在加拿大的時候，他們之間就有聯繫了？」

高翔道：「一定是的。」

木蘭花霍地站了起來，道：「唔，為什麼那麼簡單的事，我們一直都想不到，葉安在加拿大，他要和本市聯繫，自然得利用長途電話，葉安所在的地方，是一個小鎮，長途電話的記錄，是很容易查得出來的，我們就可以知道李根以前的住址和他的身分了！」

高翔也不由自主地「啊」的叫了一聲，他立即說道：「我馬上去查，我相信很快就可以有答案的！」

他一面說，一面已衝到了門口，木蘭花道：「等一等，我和你一起去。」他們一起到了警局，立時和加拿大的警方取得了聯繫。委託加拿大警方，代問葉安居住的那個小鎮，代詢葉安的長途電話記錄。一小時之後，加拿大方面的消息就來了，葉安在最近二十天中，曾和本市通了十四次長途電話，這十四次長途電話，都是打給一個名叫「葉全」的人。

葉全的電話號碼，也由加拿大方面提供到了高翔的手上。只花一分鐘的時間，便從那電話號碼上得到了葉全的地址，當高翔看到那個地址之際，他不禁直跳了起來，面色變得極其難看。

木蘭花倒吃了一驚，道：「怎麼樣？這個地址，令你想到了什麼？」

高翔苦笑著，道：「令我想到了受騙！這就是那個自稱杜亭的傢伙帶我去過的地方，那地方，早已經一個人也沒有了！」

木蘭花來回踱著，半分鐘後，她抬起頭來，道：「高翔，葉全這個名字，使你聯想起什麼來？」

「聽來好像是葉安的兄弟？」

「自然是葉安的兄弟！」木蘭花叫著，「他就是在那張照片上，只見一個手的人，瞎老僕隱瞞著這個人，葉安也隱瞞著這個人！走，我們去找葉安去！」

高翔立時吩咐準備車子，十五分鐘之後，他們便已來到了藍天酒店，在十七樓的走廊上，一個假扮侍者的探員，走過來向高翔行敬禮。

高翔問道：「葉安在裏面？」

那探員道：「是的，他才回來，在回來之前，他是在看電影，有人一直從電影院跟蹤他來到這裏，他的習慣是一回來就睡覺。」

高翔急忙向前走去，來到了葉安居住的那間房間之外，敲著門。

他敲了許久，門內仍然一點反應也沒有，木蘭花的眉心漸漸打結，十分鐘後，高翔召來了酒店的負責人，打開了房門。

他們看到了葉安，但是葉安已看不到他們了，因為，葉安已經死了！

6 第九個死者

葉安的屍體，坐在沙發上，他的一隻手，還執著一份報紙，他看來很平靜。在沙發旁的小几上，放著一杯酒，已喝了一半。

高翔和木蘭花幾乎一眼就可以看出，葉安是中了氰化毒物而致死的。他的雙唇發紫，面色泛著紫塊，他的死，是在不到半分鐘的時間內達成的！

高翔取出手帕，裹住了那杯酒，拿起酒杯來，放在鼻端一嗅，那是一杯薄荷酒，很香，但是在濃郁的香味中，另有一股淡淡的杏仁油的味道。自然，毒藥就是下在這杯酒中的。

高翔放下了酒，立時撥電話報警。

十分鐘之後，葉安的房間中已經滿是探員，高翔也已打開了房間中的酒櫃，櫃中有七八種酒，高翔命化驗官拿去化驗，那些酒中是不是有毒。

在發現葉安死了之後，木蘭花一直站在房間的一角，一句話也不說，也不動，她只是皺著眉在沉思著。

等到高翔將要做的事大體安排好了之後，來到了木蘭花的面前。木蘭花才苦笑了一下，道：「那是整件案中的第九個死者了！」

高翔無話可說，只好苦笑！

因為他們經過了多天的摸索，從茫無頭緒，到有了線索。現在，已經可以肯定事情是和葉安有關的了。他們有信心可以在葉安的身上，找出整件事的來龍去脈來，可是葉安卻死了！

葉安一死，等於他們這些日子來的努力全都白費了，他們又要從頭摸索起。在那樣的情形下，高翔還有什麼話可說？

木蘭花深深地吸了一口氣，道：「其實，這是不可能的事！」

高翔呆了一呆，一時之間，他還不明白木蘭花這樣說是什麼意思。

木蘭花立時補充道：「我是說，葉安是不可能死的。」

高翔更莫名其妙了，他道：「可是，葉安是死了啊！」

木蘭花雙眉鎖得更緊。她道：「就是這個，我才想不通。你想想，根據我們所得的線索看來，葉安分明是整件案子的主持人！」

高翔猶豫了一下，道：「蘭花，這樣說，是不是武斷了一些？葉安人一直在加拿大！」

木蘭花搖著頭，道：「絕不武斷，四次有案可查的長途電話，加上我們還不知道的通訊，已經足夠明白事情是由葉安在加拿大設計指揮的。在本市的人，只不過是執行他的命令而已。」

「他在本市的同黨是哪些人？」高翔問。

木蘭花立即答道：「他的叔叔，他的兄弟，全是執行他計劃的人！」

高翔苦笑道：「如果一切犯罪計劃，全是葉安設計的，那麼，現在計劃已全部告成，他正可以回加拿大去享福了，為什麼反會死了呢？」

木蘭花揚了揚眉道：「還是那句話。我想不通葉安是怎麼死的。他實在沒有死的理由，計劃已經成功了，什麼人會來害他？」

高翔吸了一口氣，道：「我看是那個一直未曾露過面的神祕人物葉全，謀殺葉安的動機，則是由於分贓不勻，兄弟鬩牆。」

木蘭花沉吟了片刻，道：「也有可能。」

高翔立時又道：「我們要傾全力去追捕葉全歸案！」

木蘭花望著高翔，高翔又道：「我們有葉全的照片，動員全市警員的力量去追捕葉全，我想，不至於不成功的，找到了葉全後，案情也可以大白了！」

木蘭花卻搖著頭，道：「我看事情沒有那麼簡單。那個理髮師是葉全化裝的，應該是沒有疑問的事了。我還可以肯定，穿了你高級警官的制服，在你被杜亭帶走之後，進入你的辦公室，取走了那翡翠船的人，也是葉全，不是別人。」

高翔的雙手握著拳，搖動著，以表示這時候他心中的憤怒。

而木蘭花的聲音卻很平靜，她又道：「所以，他在充當理髮師之後，一定也經過化裝。我拍到的照片，只不過是化裝之後的葉全而已，有什麼用處？這時候，他的容貌早已改變了！」

高翔無可奈何地道：「那麼，我們豈不是完全無從著手了麼？」

木蘭花微笑著，道：「那倒也未必，至少，我們已知道葉全是怎樣的一個人了！他精於化裝，是其一。他有著極其精密的犯罪頭腦，此其二。他以前可能真的做過理髮師，或者是化裝師，此其三。他有一個他可以信任的人，那人就是杜亭。他能夠叫杜亭做那樣的事。自然也就表示他們的關係非同平常！」

木蘭花講到了這裏，略為頓了一頓，道：「我可以肯定，這樣的人，絕不可能安分守己，在這以前，他一定曾犯過案子——」

木蘭花分析到這裏，高翔的精神又振奮了起來，他連忙道：「好，我立即去組織一個專案小組，根據你的分析，在舊檔案中尋找有這幾個特點的人！」

木蘭花點頭道：「這是一個笨辦法，但是卻非根據這個辦法來進行不可。」

當他們兩人，在房間的一角進行討論之際，葉安的屍體已被搬走了，方局長也聞訊趕了來。

高翔向方局長道：「這件案子越來越複雜了，前後已有九個人喪了命，但我們一定盡力破案的。」

方局長也皺著眉，他道：「葉安死了，葉安新到手的巨額財產呢？」

高翔向幾個探員望去，那幾個一起搖頭，道：「房中根本沒有值錢的東西！」

高翔道：「那得和律師聯絡一下。」

他立時和秦律師通了一個電話，秦律師的回答是，變賣屋宇和屋子中的一切所得，全部是現款，存進了銀行的戶頭之中。

就在酒店的房間中，方局長又和銀行方面聯絡，花了很多曲折，才得到了銀行方面的回答，總數是一千三百餘萬現款，在存入之後的次天，也就是今天下午，完全提了出來，戶頭也結清了。

高翔的笑容更加苦澀，一千三百多萬現款全都提了出來，這一大筆現款，現在在什麼地方？那決不是一筆小數目，而就算是最大面額的鈔票的話，也得裝上滿滿一大皮箱！

而更令得高翔啼笑皆非的是，他一直叫人在監視著葉安，葉安絕未曾到過銀行提款，那是可以肯定的事。葉安的房間中，在他死前，也未曾有人進來過，這也是可以肯定之事。

從現在的情形看來，葉安自然是委託他人提走了那筆巨款的，但是他何以又會死在酒店的房間中，這一切，實在是不太合情理，太不可思議了！

方局長首先離去，高翔吩咐一個警官，帶著警員留守在現場，他和木蘭花也離開了酒店，他們在酒店的門口分了手。

高翔到了警局，立時組織人員連夜工作，翻尋警局中存儲的一切舊檔案。木蘭花則回到了家中，和安妮講述著葉安離奇死亡的情形。

過了一小時，木蘭花和高翔通了一個電話，問高翔：「可有什麼發現？」

高翔回答是：「沒有，酒櫃中有九瓶酒化驗的結果，只有那瓶薄荷酒中有毒，而葉安喝的，又恰好是薄荷酒。由此可知，下毒的人，一定是和葉安極其接近的人。不然，他不會單在薄荷酒中下毒！凶手是葉全的可能性，又增加了幾分。」

木蘭花答應著，道：「高翔，我忽然有一個十分古怪的設想。這個設想，可能是不成立的，但也不妨向這方面努力一下。」

「什麼設想？」高翔問。

木蘭花卻並不回答，只是道：「暫時我不想說出來，只不過要做的是，調查一下葉安的為人，包括他在本市，和離開本市之後的情形。」

高翔苦笑道：「他人也死了，還有什麼好調查的？」

木蘭花道：「你不去親自做，讓一個得力人員去做，或許有點用處！」

高翔有點無可奈何地答應著，又道：「今晚我要做夜工作，不回來了！」

木蘭花幽幽地嘆了一聲。

兩人都沉默了一會，高翔才道：「蘭花，等這件案子了結之後，我想辭職了，我們實在是該好好的休息一下了！」

木蘭花又嘆了一聲，道：「等案子破了之後再說吧！」

她放下了電話，又發了一回呆。

她經歷過許許多多奇異的事，有的甚至要面對極其凶惡的敵人，極其惡毒的犯罪組織，更多的時候，要使用武力，但是在這件奇案中，直到現在為止，還一直都是智力的鬥爭，她連對方是什麼樣子都未曾見過，而在智力鬥爭中，她顯然處於劣勢。

這時，木蘭花默默地坐著，檢討著她在整件事件中的得失，她覺得自己至少犯了一個大錯誤，那就是未曾在發現葉安和理髮師聯絡之後，立即對付那理髮師。高翔曾提議要那樣做，但是高翔的意見，卻被她否定了。

如果當時立即就拘捕那理髮師（認定他是葉全），自然有足夠的證據去控告葉安，也不能控告葉全，但至少事情的發展會和現在有所不同，葉安不會死，事情也不會那麼棘手！

木蘭花苦笑了一下，她在想，高翔的話是對的，自己實在應該休息一下了。然而，無論如何，這件案子，她不能失敗，她一定要戰勝對方！

安妮一直睜大著眼望著木蘭花。

在木蘭花的神情上，她很能明白木蘭花的心情，因為自從她和木蘭花在一起以來，她從來也未曾見過木蘭花為了一件事，花了那麼多的時間，而仍然茫無頭緒，她更未曾見過木蘭花像這次那樣，遭受一次又一次的挫敗。

安妮默默地走向木蘭花，木蘭花握住了她的手，她們什麼也不說，上了樓。時間已經不早了，上樓之後不久，她們就睡著了。

第二天早上，木蘭花到了警局。

高翔的辦公室中，添了一張長桌，四個警官正在檢查著堆積如山的案卷，高翔在木蘭花來的時候，正倒在沙發上沉睡。

木蘭花走進了高翔的辦公室，先向那四個警官示意，別吵醒高翔，然後她才壓低了聲音，道：「可有什麼發現沒有？」

四個警官一起搖著頭，其中一人道：「你要找死者葉安的資料，倒找到了，好傢伙，他是一個十分出名的犯罪分子，曾經在亞洲最龐大的走私集團中，擔任極其重要的角色，但很少在本市活動。他是在馬來亞犯罪後，被判入獄，逃獄離開的！」

木蘭花忙道：「讓我看看他的檔案。」

一個警官將一個文件夾遞給了木蘭花，木蘭花在一張椅子上坐了下來，打開文件夾，她首先看到的，是一份參加「飛龍集團」的血誓書。

木蘭花自然知道「飛龍集團」是亞洲最大的犯罪集團之一。這個犯罪組織因為內鬨，而無法繼續存在，分裂成了許多小團體。

那些小團體也是赫赫有名，有「泰國鬥魚」之稱，窮凶極惡的貝泰，就是其中之一員，葉安有著參加「飛龍集團」的血誓書，自然不是普通的犯罪分子了。

可是，再繼續看下去，他的犯罪記錄卻並不多，他被捕入獄，是因為他向一家珠寶公司行竊，當場被捕，這看來像是一個小偷的行為。

所以，他實際上，只被判了半年徒刑。但他在監獄中的第二個月，就逃獄而去，下落不明。

再看下去，是加拿大提供的消息，葉安在加拿大，曾涉嫌造假護照被捕過，後來由於證據不足，被撤銷了控訴。

他在加拿大，又有一次謀殺的嫌疑，但是由於他在堅強的不在現場的證明，所以也無罪釋放，除此之外，他沒有什麼特別的記錄。

比較值得注意的是，當他服刑期間，監獄官對他的評語，監獄官稱他是一個十分奇異的人，他的性格，是完全不可捉摸的，監獄醫生的記錄則是，他可能患有極其嚴重的健忘症。

木蘭花對監獄醫官的批示注意了很久，她不明白那監獄官何以會作那樣的批評，因為一個能設計出這樣完善的犯罪事件的人，實在不可能是一個健忘症患者的！

然則，木蘭花又苦笑了一下，現在發生的事實，不是更不可思議麼？葉安在他設計的罪案，已有了如此圓滿的結果後，卻死掉了。

木蘭花呆了好久，連高翔已然揉著眼睛坐了起來，她都未曾發覺，她心中在想，自己那個奇特的設想，是不是真有可能？

高翔一看到了木蘭花，忙道：「蘭花，你什麼時候來的？唉，我們找了一夜，什麼也沒有發現，倒是葉安，有一份犯罪記錄！」

木蘭花闔上了那本文件夾，道：「我已經看到了。」

高翔又道：「我已經嚴令各機場、碼頭、公路作嚴格的檢查，葉全一定無法帶著他那箱鈔票和那隻碧玉船離開去的。」

木蘭花淡然道：「如果我是葉全，一定不會離去，本市有過百萬人口，有著一切人間可以享受到的物質享受，正是有錢人的天堂，葉全有了那樣的巨款，又不怕有人發現他，為什麼要離開本市？」

高翔聽得了木蘭花那樣說，他不禁又苦笑了起來。

他何嘗不知道葉全如果聰明的話，決不會離開本市，但是他卻希望葉全會離開本市，因為葉全要是不離開的話，要找到他的希望，可能性少極了！

這時，另外兩個警官，又捧著大疊資料走了進來，將已經查閱過的資料，送回檔案室去。

一個警官也在這時，突然站了起來，興奮地說道：「高主任，這個人的資料，可能有些用處，你看！」

高翔兩步走到了那警官的身前，自那警官的手中，接過了一份資料來，那是一個吸毒犯的記錄，那吸毒犯叫「杜三」。

可是一看他的照片，高翔便認出他就是杜亭！

木蘭花也來到了高翔的身邊，她立時問道：「這個人是杜亭？」

高翔道：「是他！」

木蘭花道：「看看他的地址！」

高翔翻著那份記錄，苦笑著道：「沒固定地址，他是一個無業遊民，等一等，有了，這裏說有，他常在一個親戚家中留宿，那是他的姐姐，她住在——」

高翔讀出了那個地址，木蘭花一聽，就知道那是本市最骯髒的一區，住的全是貧苦人家，現在，杜亭還在那裏的可能性實在太少了！

但不論有多少可能性，總得去找一次，找到了杜亭，等於找到了葉全！

木蘭花立時道：「我去走一次，高翔，你繼續找資料，我看我們的辦法雖然蠢，但是卻十分有效！」

高翔點頭道：「小心！」

木蘭花笑道：「到如今為止，我只感到這件罪案的主使人，是出奇地狡猾，但是卻還不覺得他是什麼特別危險的人物！」

高翔搖著頭，道：「蘭花，你別忘了，他已經殺了九個人之多！」

木蘭花揚了揚眉，沒有說什麼，就離開了高翔的辦公室，她並不使用自己的車子，而是召了一輛街車，那一區的街道狹窄污穢，車子根本沒有法子駛進去。

木蘭花下了車，向前走著。

陽光對於貧窮的人，似乎也顯得特別吝嗇，陋巷中陰暗得可怕，這裏的溝渠，大多數是沒有上蓋的，散發著觸鼻的臭氣。

成群的兒童，就在那樣污穢的陋巷中嬉戲，彷彿不知道外面的世界是怎樣的，木蘭花看到了那樣的情形，不禁嘆了一口氣。

任何大都市之中，都難免有陰暗的一面，這一區或許就是本市的陰暗面了，木蘭花的心中感到十分不舒服，但是她卻也無可奈何，因為她究竟不是一個社會改革家，她對居住在這裏的人，只好付出她個人的同情！

木蘭花穿過了幾條陋巷，不斷抬頭看著剝落的門牌，然後，她停在一幢木樓之前。

那幢木樓，本來是木板搭成的平房，可是在那本來已不十分穩固的頂上，又硬加了一個閣樓上去，在門口，有一個頭髮已經花白的中年婦人，正在用力搓洗衣服，雙手沾滿了肥皂泡沫。

木蘭花認清了那房子上紅漆漆著的號數，她停了一會，在她的身邊，已圍了不少好奇的兒童，木蘭花彎下身來道：「大嬸，這裏有一位杜大姑？」

那洗衣的中年婦人抬起頭來，在她的臉上，現出十分奇特的神情來，打量了木蘭花好一會，才道：「什麼事？我就是杜大姑。」

木蘭花「哦」地一聲，蹲了下來，那樣，她和杜大姑談起話來，就容易得多了，她道：「大姑，我要見你的兄弟，杜三。」

杜大姑又望了木蘭花一回，也不出聲。只是在她的臉上，現出十分憤怒的神色來，她用力搓著洗衣盆中的衣服，像是要將她心中的憤怒，全都發洩在洗衣的動作上。

木蘭花等了很久，不見杜大姑回答，她又道：「杜三在什麼地方？你知道麼？我有很重要的事要見他，請你告訴我！」

杜大姑的臉突然漲得通紅，大聲道：「別向我提起他，我不認識什麼杜三！」

木蘭花吸了一口氣，道：「大姑，他是你的兄弟啊！」

杜大姑捧著手，摔得她雙手上的肥皂泡四下飛揚，她又大聲道：「我沒有這樣的兄弟！」

木蘭花嘆了一聲，柔聲道：「大姑，我知道，杜三不是好人，他做了很多壞事，甚至還吸毒，但是這一次，我一定要找到他，不然他就不得了了！」

杜大姑臉上，憤怒的神情漸漸變得驚訝，她道：「小姐，妳是他的什麼人？」

木蘭花搖頭道：「我不是他的什麼人，我只是想他好，我想你雖然恨他，但也是一樣的，對不對？你知道他在什麼地方？」

杜大姑長長地嘆了一聲，道：「小姐，我們兩姐弟，從小就沒有了父母，真是可憐……」

杜大姑的眼圈紅了，她又訴了許多苦，木蘭花都耐心地聽著，不打斷她的話頭，杜大姑最後道：「怎知道他那麼不長進，我們這裏的人家，已經夠窮的了，他連窮人的東西都偷，我……我……」

杜大姑說到這裏，嗚咽痛哭了起來。

她哭了好一會，才道：「前天，他打發一個人來找我，說他發了財，要我跟那人去，和他一起享福，小姐，你想想，像他那樣的人，會發財麼？他一定是不知道又在哪裏作奸犯科，又偷了一筆錢來，我將他派來的那個人趕走了！」

木蘭花心情極其緊張，她忙道：「大姑，你記得他叫你到什麼地方去？」

杜大姑皺著眉，道：「那人給我趕得逃了開去，我記得他一面罵我，一面還說，要是我想享福，可以到大什麼島上的酒店去找杜三。」

木蘭花忙道：「大富島。」

杜大姑點頭道：「是的，大富島。」

木蘭花站了起來，道：「謝謝你。」

杜大姑望定了木蘭花，忽然道：「小姐，你是警局派來的，是不是？他犯了什麼案子？」

木蘭花微笑著道：「大姑，杜三沒有做什麼，他也是上了人家的當，只要他肯合作，不會有什麼事，或者就此可以改過重新做人，你放心好了！」

杜大姑又低下頭去，繼續洗她的衣服，她的動作是單調的，沒有變化的，可是，誰知道她這時的心情，是怎樣的呢？

木蘭花低低地嘆了一聲，向外走去。

她一面向外走，一面迅速地轉著念。

大富島是郊區海外的一個小島，島上的風景幽雅，還有幾道小小的瀑布，島上的居民不多，但因為風景秀麗，倒是渡假遊覽的勝地。

在大富島上，只有一家別墅式的酒店，設備極好，是豪富的居停所在，如果杜三在兩天之前還在那個酒店中，那麼他現在一定還在。

他匿藏在那裏，也的確是一個好主意，那地方偏僻，不引人注意，但是卻可以有很好的享受，正是一個罪犯逃避的好去處。

木蘭花十分興奮，如果找到杜亭，那麼，再要在杜亭的身上找到葉全，就不是什麼難事了。

木蘭花走出了幾條巷子，又截到了一輛街車，直來到海邊上，那時，正是中午時分，陽光映得海水泛起一片光芒，連眼也睜不開來。

木蘭花站在碼頭上，遠遠地可以看到大富島，也立時有駕駛著快艇的人，上來兜生意，木蘭花上了一艘快艇，十分鐘之後，就登上了大富島。

上了大富島，在林木蒼翠的環境中，就有一種十分清涼的感覺，木蘭花沿著一條小路，向前走著，不一會，就到了那家酒店。

那家酒店，在外表上看來，是一幢很大的三層洋房，有著一個裝飾得很美麗的大花園，還有幾雙情侶，在花園中漫步。

木蘭花穿過了花園，走進酒店，管理員迎了上來，道：「小姐，要什麼？」

木蘭花低聲道：「我找一個住客，他可能用假名登記，他約莫三十多歲，很瘦，看樣子好像很狡猾，前天，他可能曾派伙計到一處地方，去找過一個叫杜大姑的女人——」

木蘭花才講到這裏，那管理員便道：「唉，那杜大姑好凶，將我打走了——」

木蘭花道：「原來就是你，這個人在哪裏？」

管理員道：「杜先生在二樓，小姐你是——」

木蘭花揚了揚眉，道：「我是警方人員，這位杜先生有麻煩了，請你上去，帶我見他。」

管理員吃了一驚，忙道：「是！是！」

他轉身走上樓梯，木蘭花跟在他的後面，到了二樓，他們走在鋪著厚厚地氈的走廊上，來到了一扇門前，管理員敲著門。

只聽得門內傳來了一個相當緊張的聲音，道：「什麼人？」

管理員應聲道：「是我，杜先生。」

接著，便聽得拉開門栓的聲音，門打了開來，門一打開，木蘭花便用力一推，門內一個瘦削的中年人，被突然推開的門撞了一撞，幾乎跌倒。

木蘭花已立即走了進去，杜三有點手足無措，但是他還是一聲喝道：「你是什麼人，你這女人，怎麼朝人家房間中亂闖？」

木蘭花冷冷地盯著他，道：「杜三，我是木蘭花。」

杜三瘦小的身子陡地一震，他身子一歪，幾乎跌倒在地，他立時扶住了一張茶几，他在發著抖，急叫道：「我不知道，我什麼也不知道。」

木蘭花微笑著，道：「你不必那麼心急，你大可以坐下來，慢慢說！」

木蘭花向前走著，杜三向後退著，他退出了幾步，坐倒在椅子上。木蘭花回頭對管理員道：「好了，沒有你的事情了。」

木蘭花坐了一下，那時，她是轉過頭去的，也就在那一剎間，槍聲突然響了，槍聲來得那麼突然，木蘭花立時伏倒在地，打了一個滾。

她聽出槍聲是從陽臺傳來的，當她伏在地上打一個滾之際，她也看到陽臺之上，有人影閃了一閃，她連忙跳了起來，衝向陽臺。

7 奇案主角

木蘭花到了陽臺上，向四下看去，只見臨陽臺的大花園中，所有的人，也像是被槍聲所驚，一起都抬頭向上面望了過來。

而那陽臺，又是和左右兩個陽臺相連的，木蘭花大聲忙問道：「你們看到有人向哪裏走了？」

花園中的人，指著木蘭花的左首，喊道：「那邊！」

木蘭花身子躍起，躍到了左首的陽臺上。

陽臺相隔的距離，還不到半尺，木蘭花一躍便躍了過去，但是就在木蘭花一躍而過之際，槍聲又響了，槍聲是從房間內傳出來的。

木蘭花的反應極快，連忙伏地打了一個滾，她聽到了槍彈和陽臺的水泥欄杆相碰的聲音，還有幾片水泥屑彈在她的臉上。

木蘭花在陽臺中接連打著滾，滾到了陽臺的一角，就在她正準備抬起腳來，將門踢開來的時候，她聽到了房間中「砰」地一下，房門被關上了的聲音。

木蘭花立時撞開了玻璃門，進入了房間。

當她進入房間之後，房間中已經一個人也沒有了。

那房間的門鎖著，這時，走廊中也傳來了嘈雜的人聲，有好幾個人爭著在問道：「什麼事？什麼事？」

木蘭花用力撞著門，立時有人將門打開，開門的是管理員，神情驚徨失措，木蘭花推開了他，又回到杜三的房間之中。

射中杜三的那槍，正射中在致命的部位，等到木蘭花又回到杜三的房間中時，杜三已經死了，管理員也跟了進來，神色緊張。

木蘭花望著他，道：「你還不報警？」

這時，房間門外已擠滿了看熱鬧的人，木蘭花說了一句，又推開了那些人，來到了走廊中，凶手是從走廊中逃走的，他只有一個去路，就是沿樓梯奔下去，木蘭花也立時沿著樓梯奔了下去。

當她來到底層的時候，她不禁躊躇了一下。

因為那裏，共有兩條通路，一條通向前面的大門，直出花園，另一條通向後門。花園中有很多人在，而且，那些人早已被第一下槍聲驚動，凶手不會蠢到走前門走的，那麼他一定是逃向後門了。

木蘭花只考慮了一兩秒鐘，她就奔向後門，穿過了一條很窄的走廊，後門有著很明顯地被人撞開來的痕跡，出了後門，是一個林木蒼翠的小山坡。

那小山坡中自然可以藏下不止一個人，但就算兇手是藏在那小山坡中的話，也不是木蘭花一個人可以將他找出來的。

現在，最要緊的是，不讓兇手有機會離開大富島！

只要兇手仍在大富島上，不論他藏匿得多麼好，都可以將他找出來的。

木蘭花立時又回到了酒店中，奔上了樓，再回到杜三的房間。

那酒店的管理員還在結結巴巴地打電話報警，木蘭花接過了電話來，說道：「你們是駐大富島的警崗？」

那邊的回答是：「是的，發生了什麼事？」

木蘭花不禁又好氣又好笑，原來那管理員實在驚慌太甚，到現在還未曾將事情講得清楚！

木蘭花忙道：「我是木蘭花，是的，發生了嚴重的謀殺案，請你們立即派出所有的人，監視沿海的各碼頭，各沙灘，不准任何船隻離去，立時出動，是的，我會立即和高主任聯絡，他會馬上趕到的。」

木蘭花放下了電話，吸了一口氣，再和高翔聯絡。

高翔在聽了木蘭花用最簡單的話敘述了發生的事情之後，他立即道：「我立刻搭直升機來。」

木蘭花道：「請派水警輪封鎖大富島，並且增派直升機作空中巡邏，我們絕不能讓兇手逃走，這個兇手，至少已殺了十個人！」

「我知道了！」高翔答應著。

木蘭花放下電話，轉過身來。杜三的屍體仍然躺在房間的中央，他的死相十分難看，木蘭花拉下了床單，將他的屍體蓋住。

然後，木蘭花對聚集在門口看熱鬧的人，揮了揮手，道：「各位最好離開，在酒店租有房間的，回到自己的房間去，沒有租房間的，在酒店的餐廳集中，最好不要亂走，警方會盤問各位的。」

那些人很合作，不必木蘭花再說第二遍，他們就一起散了開去。

房間中只有木蘭花和管理員兩人，木蘭花向隔壁的房間指了一指，道：「那間房間是租給什麼人的，你詳細告訴我！」

管理員苦笑著，道：「租給一位王先生，他才住了半天，他說是一個作家，喜歡這裏清靜，來撰寫一篇小說的，誰知道他——」

木蘭花打斷了他的話頭，說道：「他是什麼樣子？」

管理員道：「樣子很普通……半禿頭，背好像是有點駝，長臉，臉色很黑……」

管理員還在講著，但是木蘭花卻未曾再用心聽下去。那位自稱作家的「王先生」，自然就是殺害杜三的凶手，也可以說是這件奇案的主角。

那麼，何以木蘭花竟會對管理員的敘述不用心聽下去呢？那是案中最重要的關鍵啊！

木蘭花並沒有用心聽下去的原因很簡單，因為那管理員才說了幾句，木蘭花就聽出，管理員所形容的那個人，分明是經過精密的化裝的。

那也就是說，就算管理員拿得出那人的相片來，也是沒有作用的，因為未曾當場捉住他，在這些時間中，他已有充分的可能，將他的容貌作徹底的改變了。

木蘭花這時在想的，是那凶手究竟是怎樣的一個人。

她的心中，對那個凶手已經有了一個大致的概念。那凶手是一個極其聰明，極其狡猾，足智多謀，將一切全安排得天衣無縫的犯罪分子，他還精於化裝，能夠隨時隨地改變他的容貌！

凶手住在杜三的隔壁，只怕連杜三也不知道，凶手也可能早已有殺杜三滅口的打算，木蘭花找到了杜三，只不過是促使他早點下手而已。

如果不能在大富島上找到凶手……

木蘭花想到了這一點，不禁露出了苦澀的笑容來，因為如果不能在大富島上，找到那凶手的話，所有的線索就完全斷絕了！

木蘭花默默地離開了杜三的房間，又來到了凶手曾停留過的房間中，她先呆立了一會，她可以想得到，當她走向酒店的時候，凶手可能已經看到了她！凶手自然不會認不出她來的，整件事，處處都是那凶手佔著先機，而自己落在下風！

木蘭花定了定神，開始在房間中找尋那凶手留下來的東西，可是，房間中卻什麼也沒有，那凶手什麼也沒有留下來。

就在那時候，木蘭花聽到了直升機的「軋軋」聲，木蘭花來到了陽臺上，她看到了好幾架大型直升機，正在天上盤旋著。

那幾架直升機，自然是高翔派來監視大富島的海面。不讓船隻離去的。接著，便是一架小型的直升機，就在酒店前的空地上停了下來。

那架小型直升機才一停定，就看到高翔和兩個高級警官，一起自機艙中跳了出來。

木蘭花立時向高翔揮著手，高翔也急步向前奔來。

自第一下槍響，杜三中槍倒地，到現在，已經四小時了，數百名警員在大富島展開搜索。

駐大富島的警員負責人宣稱，他們在接到了木蘭花的電話之後，就立時出發，不讓任何船隻離開，其間所花的時間，絕不超過十五分鐘。

凶手如果要搭船離開的話，自大富島酒店到最近的船隻停泊地點，也至少要這個時間，所以，可以得出一個結論，凶手還在島上。

那個管理員，在這四小時中，不斷地在認人，有很多人，原來就是大富島上的居民，也有一百多個，是前來遊覽的，那管理員認來認去，也未曾認出那個自稱作家的人來。

所有前來遊覽的人，登記了身分，住址之後，都可以自由離去，島周圍的船隻，也都有警員上去搜索過，還有三百多名警員，正在島上進行搜索。

天羅地網已經撒開，但是還未曾找到凶手。

酒店的餐廳，成了高翔臨時的指揮部，許多記者趕到了大富島來，但是高翔什麼也不發表，只是禮貌地請記者離去。

一直到天色黑了下來，警員還沒有收隊，高翔一面抹著汗，一面喝著一個警員遞給他的飲品，抬起頭來，向木蘭花苦笑了一下。

木蘭花一直只是坐在一角，她幾乎對這好幾小時的搜索，一點也沒有發表意見，她也未曾看到高翔向她望來。

高翔抹著汗，來到了她的身前，木蘭花抬起頭來，道：「我看，我們又犯了錯誤了。」

高翔苦笑著，道：「你是說，凶手已改變了容貌，混在遊客之中，我們已將他放走了？」

木蘭花搖頭道：「那倒不成問題，不是每一個人都登記了住址麼？我看凶手不會蠢到再落下什麼線索在我們的手中。」

高翔道：「那麼，他一定仍匿在島中！」

木蘭花深深地吸了一口氣，道：「高翔，一個人運用犯罪手段，得到了大量的現鈔，又擁有一隻價值連城的翡翠船，他又是一個絕頂聰明的人，你想，他會對自己作什麼樣的安排？」

高翔皺著眉，道：「這個……各人有各人的想法！」

木蘭花道：「是的，各人有各人的想法，但是聰明人的想法，卻和普通人不同，首先，他絕不會離開本市，躲在本市，反倒是最安全的！」

高翔點頭道：「是，可是——」

木蘭花揮著手，打斷了高翔的話頭，又道：「還有一點，聰明人挑選助手，自然也十分嚴格，他的助手是杜三，這一點已經可以肯定的了！」

高翔訝地道：「是啊，誰也沒懷疑這一點。」

木蘭花的聲調有點遲緩，她道：「杜三根本是一個毫無線索可尋的人，警方不容易找到杜三，杜三自然知道自己犯了什麼案，他是一個典型的犯罪分子，你想，像杜三那樣的一個人，在有了錢之後，會想到他的姐姐，要他姐姐來享福？」

高翔皺著眉，道：「按說沒有什麼可能。」

「而且，」木蘭花又道：「我們已詳細搜查過杜三的房間，可曾發現有什麼？」

高翔又搖了搖頭，然後，他望著木蘭花，道：「你在懷疑什麼？」

木蘭花深深地吸了一口氣，眉心打著結，她道：「我在懷疑，我們自始至終都在被人播弄，凶手用極巧妙的安排，在播弄得我們團團轉！」

高翔駭然道：「你的意思是——」

木蘭花倏地抬起頭來，道：「是的，我的意思是，凶手是故意讓我們知道杜三的下落，將我們引到大富島上來的！」

高翔對木蘭花的推理能力一向是信服的，木蘭花發表的意見，他也很少駁回去的，可是這時，他聽得木蘭花那樣說，他也不禁搖了搖頭，道：「不會吧，凶手在這裏殺了杜三，可知他定是在大富島上，他為什麼要將自己置於那麼危險的境地？」

木蘭花苦笑了一下，道：「那我還不知道，我的腦筋很亂，理不出一個頭緒來，但是我可以肯定的一點，則是在我們看來，凶手的處境十分危險，但是凶手因為有了極其巧妙的安排，是以在他來說，是一點危險也沒有的，他知道我們找不到他！」

高翔遲疑著道：「有這個可能麼？」

木蘭花站了起來，道：「怎麼沒有，現在的情形就是那樣，我們找不到他！」

高翔呆了一呆，道：「現在搜索還在進行，大富島雖然不大，但是一個人藏在島上，要找到他，也不是容易的事情——」

高翔還想向下說著，但是木蘭花卻已打斷了他的話頭，道：「我敢斷定，我們用現在那樣的方法，是找不到凶手的，凶手如果殺了人，在島上逃亡，等候我們的捕捉，那麼，他就不能稱是聰明人，而是大笨蛋了，而這一連串的謀奪財產，騙翡翠船，凶殺，卻只有一個絕頂聰明的人才能夠做得出來！」

高翔苦笑了一下，道：「那麼，照你說來，我們又失敗了？是不是立即收隊！」

木蘭花雙眉一揚，道：「當然不，我們繼續搜查，好叫凶手並不知道我們已想透了他的奸計，高翔，你去找酒店的管理員來。」

高翔點了點頭，吩咐了身邊的一個警員，那警員走了出去，不一會，就帶著那管理員走進了餐廳。

木蘭花望著那管理員，管理員有點手足無措地站著，木蘭花道：「你說的那王先生，是什麼時候來的？」

管理員道：「今天一早。」

「是你帶他進房間去的？」

「是。」

「酒店中除了你之外，還有幾個人？」

管理員反問道：「小姐的意思是指住客，還是單指我們職工？」

「我單指職工。」木蘭花說。

「除了我之外，還有兩個女子，」管理員說：「和一個廚子，我們酒店的規模很小，不能僱用太多人，我雖然是經理，但有時連雜工也要做的。」

木蘭花道：「請那兩個女工和廚子來！」

管理員走了出去，不到五分鐘，兩個女工和廚子就來了，三人的神色都很不安，那是普通人在知道發生了凶殺案之後正常的反應。

木蘭花問道：「你們之中，誰曾見過住在杜三隔壁的王先生？」

一個中年女工道：「我。」

「你是在什麼樣的情形下見到他的？」

「我在走廊上打掃，」那中年女工說：「他打開門，叫我進去，說是那一壺熱水不夠熱，叫我去換一壺來，我就換了給他。」

「當你再次進房中去的時候，他在做什麼？」

「他沒有做什麼，只是坐在陽臺上。」

木蘭花雙眉蹙得更緊，高翔在一旁，從木蘭花的神情上，高翔看得出來，木蘭花並未得到她想要得到的答案，但是木蘭花究竟要得到什麼答案，高翔也不知道。

木蘭花呆了片刻，揮了揮手，道：「行了，你們出去吧，我問完了！」管理員、兩個女工和廚子一起走了出去，木蘭花吸了一口氣，高翔問道：「蘭花，你想在他們的口中得到些什麼？」

木蘭花道：「我想證明，根本沒有王先生這個人！」

高翔吃了一驚，道：「什麼意思？」

木蘭花道：「你還不明白麼，那凶手精於化裝，我想，他的化裝法，一定不是普通的化裝法，而是一種新的方法，可以使他隨意改變容貌。他可能早已在酒店中，但是又扮成了另一個人來開房間，等到殺了杜三之後，他根本不用逃走，只要改變容貌就可以了！」

高翔道：「可是後門上有被撞開的痕跡。」

「那是可以事先安排的啊！」木蘭花回答。

高翔忙道：「那麼，我們調查的對象，應該集中在酒店原來的住客身上，我已全問過了，酒店之中，一共有八個住客，兩個單身男人，還有三對夫婦。」

木蘭花緊蹙著眉，道：「你不妨和他們談談，高翔，或許我的設想有錯誤，我設想了很多，告訴你，我甚至在想，那個死在酒店中，中毒死的人，不是葉安！」

高翔瞪大了眼睛，訝異地道：「蘭花，你在開玩笑？」

木蘭花卻只是搖頭苦笑了一下，並沒有再說什麼。

高翔忙道：「蘭花，你或者太疲倦了，我指揮人在島上繼續搜索，你回家去休息一下吧，我相信我們的網已漸漸拉緊，凶手走不掉了！」

木蘭花打了一個呵欠，道：「或許我是太疲倦了，我腦中從來也沒有那麼混亂過，好吧，我先回家去，借用一下你的直升機！」

「當然可以！」高翔說著，和木蘭花一起走了出去。

天色已全黑了，但是在島上的幾個山頭上，還可以看到不斷的閃光，那是搜索隊伍所發出的燈光，高翔扶著木蘭花上了直升機，當直升機起飛之後，高翔還在想著剛才木蘭花所說的話。

而他一面想，一面搖著頭，自言自語地道：「死的不是葉安？那怎麼可能？蘭花一定是太疲倦了，唉，人太疲倦了，是會胡思亂想的！」

木蘭花回到了家中，安妮還在房間中看書。

木蘭花的開門聲，使安妮迎了出來，安妮看到木蘭花那種愁眉不展的樣子，不禁吃了一驚，道：「蘭花姐，又有了什麼變化？」

木蘭花揮了揮手，道：「別來煩我，我腦中很亂，要一個人好好地靜一靜，才能理出一個頭緒來，你管你去看書吧。」

安妮咬了咬手指甲，沒有說什麼，而木蘭花則已進了書房，將門關上。在書房中，木蘭花什麼也不做，只是坐著，想著。

高翔以為木蘭花是太疲倦了，所以才胡思亂想的，但事實上，木蘭花並不是突如其來有那種古怪的想法的，她是有根據的。

的確，接二連三的失敗，會使人在精神上感到極度的疲憊，但是木蘭花卻還不致於被這種疲憊擊倒，她還保持著清醒，保持著信心和鎮定。

木蘭花抽出了一張白紙來，她先寫了一個「一」字，然後，又寫下了「葉安是全案的主使人」這一句話。隔了片刻，她才又寫下了另一句：為什麼案子的主持人在大功告成之後死了？

她又過了好久，才再寫道：「死的不是葉安」，她立即又寫道：「死的不是葉安，那麼，是什麼人？」

寫到這裏，木蘭花放下了筆，停了好久，才又振筆疾書：「死的是葉全，葉安和葉全是孿生兄弟，面貌極其相似。」

木蘭花的雙眉鎖得更緊，但是在她的臉上，卻已浮起了一股興奮的神色來。她深深地吸著氣，熄了燈，以便在黑暗中更可以集中力量來思索。

葉安是一個大犯罪分子，葉全是一個小罪犯，他們兩兄弟在起初，自然是合謀的，上半部的種種罪案，全由葉全來採取行動，然後，葉安堂而皇之地來到了本市。

葉安自然知道警方對他有一定的懷疑，但是他卻有恃無恐，因為他遠在加拿大。但是，那種安全卻也是暫時的，因為警方很快就會發現他還有一個兄弟，所以他也一定要將葉全殺死。

殺死葉全，有兩個好處。第一，葉全死了，犯罪所得，葉安可以一個人獨吞；第二，警方不知死的是葉全，以為死的是葉安，那麼，自然不會再去追查葉安的下落，而著力於追查葉全。事實上，葉全已經死了，追查當然也毫無結果。

從葉安和葉全是雙生子這一點聯想開去，木蘭花更可以想到，在最後一兩天，在大酒店進出的，根本已不是葉安，而是葉全了。

葉安自然知道葉全嗜飲薄荷酒，那麼，在薄荷酒中下毒，等葉全喝了薄荷酒，毒發死去，是再容易不過的事情，那也就是為什麼死者死得那麼平靜的緣故，因為葉全根本不知酒中有毒！

當木蘭花想到這裏的時候，整件案子，似乎已露出一線曙光來了。

但是問題卻在於：葉安現在哪裏？殺死杜三的，自然是葉安，那麼葉安逃到什麼地方去了？

木蘭花的歸納思索，到了這裏，便無法再繼續下去，於是，她又重頭想起，她將所有的事情的每一個細節，又重頭想一遍。

她其實早已將所有的事想過好幾遍了，若果不是一個有極度耐心的人，是不可能再將整件事再從頭至尾細想一遍的。

然而，木蘭花卻有這樣的耐心。

她仔細地想著，突然之間，她霍然站了起來！

她發覺自己和高翔都忽略了其中的兩個人！

那兩個人，一個是婦人，另一個是小孩子。

高翔曾見過那婦人和那孩子，那是杜三帶高翔到他的「家中」去看時，有一個人（假定是葉全）就冒充了高翔，進入高翔的辦公室，偷走了那隻翡翠船。

他們一直只注意杜三的下落，而忽略了那婦人和孩子，因為那婦人和孩子根本沒有做什麼，看來是毫無分量的角色。

但是當木蘭花一再細想之後，卻發現這婦人和孩子擔任著十分重要的角色。第一，屋子中有婦人和孩子，高翔去了，看到了他們，即使對他們一點也不留意，也會深信杜三的確是一個貧窮人家的家長。第二，這婦人和孩子，也一定和杜三、葉全有著特殊的關係，尤其是那婦人，一定可以說出不少關於葉全的資料來！

要找尋那個婦人，一定比找尋葉安要容易得多了！

木蘭花一想到這裏，立時打電話到警局，再由警局用無線電話轉駁到大富島上。

等到木蘭花聽到了高翔的聲音之後，她第一句話就問道：「高翔，當杜三帶你到他家中去的時候，你看到一個婦人和一個孩子，是不是？」

高翔回答道：「是的。」

「那婦人是什麼樣子的？」木蘭花問。

高翔遲疑了一下，道：「那婦人，唉，蘭花，她的樣子太普通了，我當時也沒有注意她，我實在想不起她是什麼樣子來了！」

木蘭花道：「你必須想起她的樣子來！」

高翔的聲音仍然很遲疑，他所講的話，也是斷斷續續的，他道：「那個婦人……她來開門的時候，是的，她的雙手很粗，她……的頭髮也花白了，她的樣子很普通，等一等，我記起來了，她臉上的皺紋很多，看來像是一個勞苦的婦女——」

木蘭花的心中陡地一動，道：「你可曾注意到她和杜三有若干相似之處麼？」

「一點也不錯！」高翔興奮地叫著，「我當時還曾想了一想，她不知道是杜亭的姐姐，還是杜亭的妻子！」

木蘭花失聲道：「杜大姑！」

「什麼？你說什麼？」

木蘭花道：「我知道她是誰了。」

高翔忙問道：「對整件案子有幫助麼？」

「當然有，」木蘭花說：「高翔，這件案子設計之周詳，遠在我們的想像之上，它可能已經過了好幾年，甚至十年以上的計劃了！」

高翔奇怪道：「有這個可能？」

「有的，現在我就去見杜大姑，我相信一定會有意想不到的收穫，我要幾個女警官協助，請你和警局聯絡，我到警局去和她們接頭。」

「好的。」高翔忙答應著。

木蘭花放下了電話，走出了書房，當她在黑暗中走向花園的時候，她不禁苦笑，真的，誰能想得到，住在那樣貧苦的地方，看似一臉老實相的杜大姑，也會是同謀，這真是想不到的事！

那瞎眼老僕是同謀，已經是極其意外的事，但是杜大姑是同謀，更加令人意外！

木蘭花駕車到警局，四個女警官已在候命，木蘭花忙帶著她們上了車，直駛向杜大姑的住所，日間木蘭花曾來過一次，現在夜已深了。

在黑夜中看來，那一區的陋巷更是污穢和簡陋，甚至連路燈也沒有。

木蘭花和四個女警官，找到了杜大姑住的那個樓梯口，有兩個吸毒者，倉皇地自樓梯口奔了出來，木蘭花上了二樓，在一扇看來隨時可以倒下的門上，用力拍著門。

8 大功告成

木蘭花拍了很久，才聽得裏面有人問道：「誰啊？」

木蘭花道：「是我，我從大富島來。」

木蘭花是在杜大姑的口中，才知道杜三在什麼地方的，木蘭花也早已懷疑，讓她知道杜三在大富島，是凶手故意的安排，現在這一點懷疑，已經證實了！

而木蘭花也知道，杜大姑一定不知道她到了大富島之後，杜三會死，凶手一定用什麼謊話，騙信了杜大姑照他的話去做。

所以，這時木蘭花才冒認自己是大富島來，只有那樣，杜大姑才會毫不懷疑地開門。

果然，門立時打了開來，屋中亮著黯淡的燈光，而當杜大姑看到站在門外的是木蘭花和兩個女警官時，她整個人都僵住了！

木蘭花望著杜大姑，似笑非笑地道：「想不到吧，我的確是從大富島來的，我在那裏耽了一整天，已看到了你的兄弟！」

杜大姑的臉色，在昏黃的燈光下，變得一片慘白，她的口唇在發著抖，一句話也講不出來。木蘭花道：「而且、杜三死了！」

當木蘭花講出了「杜三死了」這四個字之際，杜大姑的臉色，更白得像是塗上了一層粉一樣，她掙扎了好一會，才道：「你……騙我。」

木蘭花道：「那兩個警官可以為我證明，而且等一會，你還必須到殮房去認屍，因為你是杜三的親人！」

杜大姑尖聲叫了起來道：「是誰殺了杜三？」

木蘭花冷冷地道：「那應該問你，你和杜三曾經合謀做過一件事，欺騙警方的高主任，這件事，不是杜三的主意，是誰的主意？」

杜大姑的額上在冒著汗，當她聽得木蘭花那樣講的時候，她雙眼之中充滿了驚恐的神色，她道：「我……我是不是要坐監？」

木蘭花立時說道：「那就要看你究竟做了些什麼。」

杜大姑哭了起來，她一面哭，一面道：「我……我實在沒有做什麼，我……只不過幫他在一層樓中，帶著一個女孩，講了幾句話，他要我說的是，如果有一個警官和他一起來的話，就要在警官面前，說是住在那層樓中的，並且還有一間房間是租給一個老頭子的。」

杜大姑斷斷續續地說著，木蘭花耐心地傾聽，並不打斷她的話頭，等到她停下來時，木蘭花才道：「那是什麼人的主意？」

杜大姑哭得更傷心了，她道：「我不知道，我真的不知道，我貪他給我的那隻金戒指，就照他所說的話去做了，我也不知道他那麼做，是想做什麼的。」

木蘭花皺著眉道：「那麼，他在大富島的事呢？」

杜大姑漸漸止住了哭聲，但是仍然抽噎著，她道：「後來，他又將給了我的戒指騙了回去，我在他再叫我到大富島去時，當然不去了，他從來也沒有給過我什麼好處，只給我添麻煩，我……是不是要坐監？」

木蘭花嘆了一聲，她實在沒有理由懷疑杜大姑的話，她之所以嘆息，是因為一條很重要的線索，到這裏又無法繼續下去！

木蘭花先安慰了杜大姑一句，道：「你不必怕，只要你真的沒有做過什麼壞事，是不會坐監的，現在，我再問你一個問題。」

杜大姑抹了抹淚，抬起頭來，望著木蘭花。

木蘭花也懷著最後的希望，發出了她的問題，她道：「有一個人叫葉全，他經常和杜三來往的，你可曾見過這個人？」

杜大姑呆了一會，才搖了搖頭，道：「葉全？不，我沒有聽到過這個人。」

木蘭花又嘆了一聲，她已經不抱著什麼希望了，因為杜大姑看來什麼也不知道，她完全是被杜三愚弄的，但是她還是問道：「叫你在那層樓中的時候，你未曾看到杜三和什麼人見過面？」

杜大姑道：「我在那裏住了一天……對了，有一個人，曾來找過杜三，我聽得杜三叫他做葉先生的！」

木蘭花喜出望外道：「他是怎樣的一個人，你告訴我，你一定要好好地想一下，然後告訴我。」

杜大姑道：「那個人一來，杜三就和他鬼鬼祟祟進了房間，講了一會兒，那人就走了，那人的樣子，我……看得不是十分清楚……」

接著，杜大姑便形容起那個「葉先生」的樣子來，雖然她的形容很粗糙，但是木蘭花也已經可以知道，她說的那個人是葉安，或是葉全。

葉安和葉全是雙生子，這一點可以說已得到證明了，因為葉安遠在加拿大，未必會和杜三認識，和杜三合謀的是葉全。

但從杜大姑口中形容出來，葉全的樣子，卻是和葉安一樣的，那麼，他們兩個人，豈不是相貌相似的雙生子麼？

證明了這一點，木蘭花進一步懷疑的，死在大酒店中的不是葉安，而是葉全，也更有根據了，葉安不會在完美的犯罪已經成功之後死去。

葉安是在加拿大指揮整件犯罪案子的，罪案的前一半，由葉全和杜三實行，然後，葉安來到了本市，實行罪案的下一半。

而整件罪案的下一半，除了吞沒玉商的財產之外，還包括了殺死所有的同黨來滅口，葉全被殺，杜三被殺，杜大姑只怕也要被殺……

木蘭花眉心打著結，一層一層向下想著，當她想到杜大姑的要被殺之際，她的心中陡地一動，剎那之間，她覺得自己已經捕捉到一些什麼了，但是究竟捕捉到了一些什麼呢？

木蘭花還不能具體地說出來，照兇手行事的機密情形來看，杜大姑是一定也在被殺的名單之內的，但是為什麼杜大姑還未曾遇險呢？

那是為了什麼？是兇手未及對杜大姑下手，還是兇手殺害杜大姑的計劃有了變更？

當木蘭花想到這裏的時候，突然之間，她的心中陡地一亮，杜三壞到連給了杜大姑的金戒指都要討了回去，他自然不會叫杜大姑到大富島去享福，叫杜大姑到大富島去，決不是杜三的主意，而是凶手的主意，凶手的目的是將杜大姑引到大富島去，可以將杜大姑和杜三一起殺死！

但是杜大姑卻沒有到大富島去，因為杜大姑傷透了心，不肯再去和杜三見面，所以凶手的計劃就有了變更，不能將他們姐弟兩人一起殺死，只好先殺了杜三再說了！

當木蘭花想到了這一點的時候，她眉心的結已漸漸鬆了開來，她的口角也漸漸泛起了一個微笑，因為所有的問題，她都已經想通了！

她深深地吸了一口氣，安慰了杜大姑幾句，就和兩個女警官離開了杜大姑的住所，她知道杜大姑是不會再有事的，因為她已知道凶手是什麼人了！

她而且可以肯定，凶手今天晚上，一定仍在大富島上，以為他自己的犯罪設計，安排得天衣無縫，萬無一失。自然，這樣絕滅人性的凶手，遲早是要殺害杜大姑的，但不是今晚。

然而，過了今晚之後，他卻再也沒有能力行凶了！

當木蘭花和那兩個女警官走過陋巷的時候，她的心情，實在是說不出來的輕鬆，在經過了多日來的茫無頭緒，多次來的失敗，不知多少絞盡腦汁的思索而毫無結果之後，忽然得到了結論，她心情的愉快，是可想而知的。

她到了警局，和在大富島的高翔通了無線電話。

高翔在一聽到了木蘭花的聲音之後，他講話的聲調是無精打采的，他道：「搜索還在進行，可是一點結果也沒有。」

木蘭花壓低了聲音，道：「使用耳機，我有極機密的話要對你說。」

等了一會，木蘭花得到了高翔的回答：「說吧，現在你說的話，只有我一個人聽得到。」

木蘭花道：「你可以停止搜索了，我也要好好休息一下，你也疲倦了，聽我的話，什麼也不要想，好好地睡上一會。」

高翔苦笑道：「我怎麼睡得著？」

木蘭花笑道：「如果我告訴你，我已經知道了誰是凶手呢？」

高翔大喜道：「誰？」

「現在我不能告訴你。」木蘭花說：「但是凶手一定走不了，明天一早我就來，那時，我可以演一齣好戲給你看看。」

高翔忙道：「哦，蘭花，別賣關子好不好！」

木蘭花卻笑道：「不行，我要是講給你聽了，對整件案子大為不利，再見！」

高翔呆了片刻，聲音極其無可奈何，道：「明天見。」

木蘭花放下了電話，離開了警局。

木蘭花回到家中，安妮已經睡了。

但是木蘭花在安妮的床前看了一看，就知道安妮是在裝睡，她笑道：「安妮，起來吧，我已經找到凶手是什麼人了！」

木蘭花的話才一說完，安妮一骨碌地跳了起來，道：「凶手是什麼人？」

木蘭花道：「這句話其實是多餘的，凶手自然是葉安、葉全和杜三三個人，不，還要加上那瞎老僕，他們四人合謀的，但現在只剩下了葉安一個人！」

安妮眨著眼，咬著手指，道：「不錯。」

木蘭花坐了下來，道：「整件案子的經過是那樣，葉安、葉全兩兄弟，從小就在玉商的家中長大，但一則由於玉商的孤僻成性，二則，由於他眼見兩兄弟不長進，所以在他們的少年時代，就給玉商趕了出去。」

安妮點頭道：「可能是如此。」

木蘭花十分有信心地道：「一定是如此！」

安妮又道：「以後呢？」

木蘭花道：「以後的情形是，葉安和葉全在外面混得很不好，玉商雖然有錢，但絕對不肯接濟他們，是以他們只好參加了犯罪分子的行列！」

安妮點著頭。

木蘭花又道：「那樣，一晃過了好多年，葉安到了加拿大，葉全還留在本市，在葉安未曾到加拿大之前，他們兄弟學會了精妙的化裝技巧，他們一定也藉此行騙過許多次，只不過由於事先他們都有精密的安排，所以才沒有被發覺而已。」

安妮點著頭，她對木蘭花的敘述，找不出任何細小的破綻來。

木蘭花又道：「葉安到了加拿大之後，也混得並不好，他居住的地方很冷僻，他的生活很單調，幾乎沒有任何娛樂，我猜想，在那幾年之中，他唯一的娛樂，大約就是設計這件罪案！」

木蘭花講到這裏，略頓了一頓，才又道：「葉安可以說是本世紀的犯罪天才，他所設計出來的罪案，幾乎是沒有破綻的！」

安妮問道：「你已經知道了他的一切計劃？」

「到現在為止只是推測，但是明天，你就有機會印證我的推測是不是對。葉安的第一步計劃，是要他的弟弟葉全盡量不和外人接觸，只揀一個主要的助手來往，葉全顯然完全聽了他的話，葉全所揀的那個助手，就是無業遊民杜三。」

安妮聽得完全入了神。

木蘭花又道：「然後，葉安就又和他的叔叔聯絡——這種聯絡，我相信是通過了葉全的，葉安要他的叔叔，不論對什麼人，絕口不提有葉全其人。」

「那樣有什麼作用呢？」安妮問。

「作用太大了，那樣，當一連串的案子發生之後，警方根本找不到誰是凶手，凶手像是一個既存在而又不存在的人，我們就曾經陷入這樣的困境之中！」

安妮點著頭，案子的經過情形，她是知道的。

木蘭花笑道：「終於，機會來了，於是玉商就成了第一個被害者。」

「玉商！」安妮吃驚地叫道：「他不是死於心臟病猝發的麼？」

「但現在我可以肯定，玉商也是被謀殺的，殺害他的是瞎老僕，自然由葉全授意和供給毒藥，那一定是一種可以使心臟發生麻痺，使得毒發之後，和心臟病發作死亡無疑的毒藥，而他們一直在等待著的機會，就是玉商的外出，瞎老僕在玉商外出之前，找機會下了毒，好令得玉商倒斃街頭！」

「但是，玉商的外出，卻是去求售那價值連城的翡翠船的，這是一個意外，但葉安知道了這一個意外之後，便又立即訂了計劃，這才有和玉商接觸過的人一一遇害的事發生，凶手自然是葉全和杜三兩人。」

「慢一慢！」安妮說：「你的說法不對了，玉商帶著價值連城的翡翠船去求售一事，根本沒有人知道，只有珠寶公司和警方知道。」

「不，他和瞎老僕在一間屋子中，他不能不和人說話，而瞎老僕是他唯一說話的對象，他的一切，瞎老僕一定知道得很清楚，自然也知道他有一艘那樣的翡翠船！」

安妮咬著指甲，她找出來的疑問，已經給木蘭花解釋得很清楚了！

木蘭花笑了笑，道：「安妮，你的心思很縝密，我很高興，葉安命令葉全，將所有一切和玉商接觸過的人全殺死，然後，葉全、杜三和杜大姑開始進行那個騙局，將翡翠船騙到了手！」

「當偷了翡翠船之後，葉全就進行計劃的第三步，殺死了他的叔叔。」

安妮吸了一口氣，道：「葉安真狠毒！」

「狠毒的還在後頭呢，當瞎老僕死了之後，葉安就回本市來了，他以遺產的繼承人身分出現，當一切事情發生之際，他遠在加拿大，當然是一點嫌疑也沒有的，真可以說再巧妙也沒有了！」

安妮嘆道：「的確是夠巧妙了！」

木蘭花搖了搖頭，道：「不，還不夠巧妙，葉安是聰明絕頂的人，他自然知道，在一連串死亡之後，他是唯一的受益人，警方對他不能不懷疑，於是，他實行了他第四步計劃，他使他『自己』死亡！」

安妮吸了一口氣。

「當然，他不會叫自己真的死亡，他自己只不過是利用巧妙的化裝術隱藏了起來，換句話說，他殺死了他的弟弟葉全，葉全和葉安是雙生子，面目相同，誰也分不出來，葉全一死，警方以為葉安死了，自然不再追查，那就一了百了，他謀殺葉全的方法很巧妙，葉全一定曾逼著他快快分贓，於是，他要葉全先假充他，到大酒店去享受幾天，而他卻在葉全喜歡喝的薄荷酒中下了劇毒，毒死了葉全！」

安妮嘆了一聲，道：「葉全雖然該死，但葉安的手段也太毒辣了！」

木蘭花繼續敘述著，道：「到了這一地步，葉安的計劃已經接近完成了，而且，他早替自己找到了一個極妙的隱藏方式，憑著他巧妙的化裝術，他可以完全以另一個人的姿態出現，生活，過了幾年，到根本沒有人再記得這件事時。他就可以離開本市，逍遙法外了，但是，他卻還必須進行兩椿最後的謀殺！」

「兩椿？」

「是的，杜三和杜大姑。」

安妮吸了口氣道：「他要一個活口也不留！」

「是的，那就是他的計劃的周密之處，他要一個人也不留下，他先安排杜三躲在大富島酒店中，然後，又想使杜大姑也到大富島去，他要將杜氏姐弟一起殺死在大富島！」

安妮真是夠好耐心的了，她直到現在才問了出來，道：「那麼，破綻在什麼地方呢，是什麼使你知道了他隱藏的身分的呢？」

木蘭花道：「整件案子的經過，你是全知道的了，現在，我再將我今晚和杜大姑的談話，對你說一說！」

木蘭花詳細地向安妮敘述起剛才和杜大姑談話的情形來，安妮也知道，木蘭花是要考驗她的推理能力，是以她一面咬著手指，一面用心地聽著。

木蘭花講完了之後，略停了一停，才道：「就那樣，我想到了誰是凶手，想到了葉安用什麼身分巧妙地隱藏著，安妮，你只要好好想一想，也會明白的。」

安妮不出聲，眉心打著結。木蘭花也不出聲，房間中靜得一點聲音也沒有。木蘭花望著安妮，在看她臉上神情的變化，看她是不是有了頭緒。

各位親愛的讀者，作者寫「女黑俠木蘭花故事」，在撰寫每一集故事之際，總竭力在推理上，安排合理的路線，絕不作情理之外突然其來的安排，「生死碧玉」故事，更是安排得極其縝密，各位讀者看到這裏，也不妨掩卷一想，葉安是以什麼身分隱藏著，破綻實在是很明顯的。

破綻真的是很明顯的，木蘭花知道安妮已經想到了，因為，她看到安妮眉心的結在漸漸散了開來，而在她的口角上，浮起了一個笑容。

上午九時，直升機身映著朝陽，閃閃生光，飛到了大富島的上空，略一盤旋，便降落在大富島酒店的空地之上。

直升機才停下，高翔就從酒店的階上走了下來，叫道：「蘭花！」

木蘭花和安妮從直升機中走了下來，她們兩人都是精神煥發，和高翔憔悴的神情相比，成了強烈的對照。

高翔昨晚自然睡得不好，因為他一晚都在苦苦思索著凶手究竟是以什麼樣的身分隱藏著，但是他卻未曾想得出來。

當然，那並不是因為高翔的推理能力差，而是他不知道木蘭花再找杜大姑見面時的對話，如果他知道了，他也一定想得出來的。

一看到木蘭花和安妮下了直升機，他忙迎了上去，又叫道：「蘭花，你——」

木蘭花打斷了他的話頭，道：「你別心急，來，我們進去再說！」

高翔陪著木蘭花和安妮一起走進了酒店，酒店的管理員，在櫃臺後打著呵欠，招呼了木蘭花一聲，木蘭花微笑地和他點了點頭。

木蘭花和高翔向餐廳走去，酒店的管理員跟了上來，道：「高主任，還要多久啊，你看，現在我們簡直不能做生意了！」

高翔望著木蘭花，木蘭花笑道：「警方找不到人，自然會收隊的！」

酒店管理員仍像是滿腹牢騷一樣，咕嚕著走了開去。

警方仍然借酒店的餐廳作為臨時的指揮所，高翔等三人走進了餐廳，木蘭花便道：「高翔，你命人守在餐廳口，不准任何人接近。」

高翔照木蘭花的話吩咐了之後，著急地道：「凶手在哪裏？」

木蘭花道：「那還得你動動腦筋，我先將昨天和杜大姑會面的一切經過告訴你。」

高翔低嘆了一聲，道：「你說。」

木蘭花又將那短短的會晤說了一遍，高翔立時道：「凶手想在大富島殺害杜大姑和杜三，杜三並沒有叫他姐姐來！」

木蘭花道：「當然，杜三連給了杜大姑的戒指都拿了回來，怎會叫杜大姑來享福。」

高翔皺著眉道：「我早就料想過，杜三不會有那麼好心腸，可是，杜大姑的確是接到過杜三的口信，叫他到大富島來的，帶這個口信的，是酒店的管理員——等一等，等一等！」

高翔的語氣中，充滿了興奮，他的聲調也急促了許多，他道：「而那管理員，卻說是杜三叫他去送口信的，蘭花，他就是——」

木蘭花平靜地道：「照我們的推理，大富島酒店的管理員就是葉安，這個職位，以前可能是葉全，他利用同樣的化裝代替了葉全，現在，是證明我們的推理是不是正確的時候了！」

高翔立時走到了門口，打開門來，揚聲叫了那管理員一聲，道：「請你進來，我有幾句話要問你，請你和我們合作！」

那管理員一面向餐廳走了過來，一面道：「我知道的已經說了，還有什麼好講的！」

高翔臉上掛著真正的笑容，他心情的輕鬆，是可想而知的，當那管理員來到了他身邊的時候，他伸手搭住了對方的肩頭，像是很親熱的樣子，然後，和他一起向前走了過來。

當他們一起來到了木蘭花身前時，高翔才道：「是的，你已經告訴了我們很多，但是，你還沒有告訴我們，加拿大的風光如何！」

這一句話，令得那管理員直跳了起來，而高翔也在那時，突然扭轉了他的手腕，那管理員尖聲叫了起來，道：「你們幹什麼？」

木蘭花早已一伸手，她的手按在對方的額上，高翔則抓住了管理員的雙手，於是，真相開始揭露了，木蘭花在那管理員的臉上，慢慢地揭下了一層極薄的，肉色的，纖維性的面具來。

而當那層面具被揭下來了之後，那個管理員就是他們熟悉的葉安，只不過他們所熟悉的葉安，臉色從來未曾那麼蒼白過。

高翔已取出了手銬，推葉安坐在一張椅子銬在一起。

葉安低著頭，一句話也不說，過了好久，他才喃喃地道：「你們沒有法子發現我的，你們實在是沒有法子發現我的。」

木蘭花冷冷地道：「可是我們發現你了！」

葉安倏地抬起頭來，道：「好，我一切都承認了，但是首先請先告訴我，破綻在什麼地方？」

「你不該假冒杜三的名義，叫杜大姑到大富島來。」高翔說：「那是你的一個大錯誤！」

「那有什麼錯？」葉安不服地道：「杜三有了錢，總要照顧一下他姐姐的。」

「你想得不錯。」木蘭花說：「但是你不知道一件事，杜三在要他姐姐幫忙騙高翔的時候，曾送了她一隻金戒指，後來，他又將那戒指搶了回去，你想，杜大姑怎麼還肯來，而這樣的人，又怎會照顧他的姐姐？」

葉安的臉色是死灰色的，他發出極其苦澀的笑容來，道：「那我怎麼知道，葉全怎麼找了一個這樣下流的人，真該死。」

木蘭花冷冷地道：「或許，是物以類聚吧！」

葉安又低下頭，身子在發著抖。

在酒店管理員的房間中，警方人員幾乎沒有費什麼工夫，就找到了那隻價值連城的碧玉船，和大量的現鈔，那是葉安從銀行提出來的。

葉安被解回警局，方局長也來了，親自參加對葉安的盤問，葉安將一切經過，詳詳細細地說了出來。

安妮只是望著木蘭花，因為葉安所說的一切經過，和她昨晚聽到木蘭花分析推理的，幾乎完全一樣，那實在使得安妮對木蘭花感到由衷的佩服。

那艘碧玉船，在幾天之後，送到博物院，作公開的陳列，自然，警衛森嚴，有著最完善的防盜設備，穆秀珍也直到這時，才看到了那艘碧玉船。

為了那艘碧玉船，以前是不是有人命賠上，誰也不知道，但就在葉安的犯罪計劃下，就死了十一人——被判死刑的葉安在內！

有人說，凡是奇珍異寶，總伴隨著十分不祥的險遇，或許也有點道理的。

請續看《木蘭花傳奇》27 魅影

倪匡奇情作品集

木蘭花傳奇 26 碧玉船（含：冷血人、生死碧玉）

作　者：倪匡
發行人：陳曉林
出版所：風雲時代出版股份有限公司
地址：10576台北市民生東路五段178號7樓之3
電話：(02) 2756-0949
傳真：(02) 2765-3799
執行主編：朱墨菲
美術設計：許惠芳
業務總監：張瑋鳳
出版日期：2024年6月
版權授權：倪匡
ISBN ：978-626-7369-69-2
風雲書網：http://www.eastbooks.com.tw
官方部落格：http://eastbooks.pixnet.net/blog
Facebook：http://www.facebook.com/h7560949
E-mail：h7560949@ms15.hinet.net
劃撥帳號：12043291
戶名：風雲時代出版股份有限公司

風雲發行所：33373桃園市龜山區公西村2鄰復興街304巷96號
電話：(03) 318-1378　　傳真：(03) 318-1378
法律顧問：永然法律事務所 李永然律師
　　　　　北辰著作權事務所 蕭雄淋律師

行政院新聞局局版台業字第3595號 營利事業統一編號22759935

定價：299元　　

國家圖書館出版品預行編目資料

碧玉船／倪匡 著. -- 臺北市：風雲時代出版股份有限公司, 2024.02　面；　公分.（木蘭花傳奇；26）

ISBN : 978-626-7369-69-2（平裝）

857.7　　112021908